Miracle Direction
기적의 연출

기적의 연출 4

서산화 장편소설

초판 1쇄 찍은 날 § 2016년 12월 21일
초판 1쇄 펴낸 날 § 2016년 12월 28일

지은이 § 서산화
펴낸이 § 서경석

편집책임 § 김슬기

펴낸곳 § 도서출판 청어람
등록번호 § 제387-1999-000006호
등록일자 § 1999. 5. 31
어람번호 § 제1-2589호

주소 § 경기도 부천시 부일로 483번길 40 서경B/D 3F (우) 14640
전화 § 032-656-4452 팩스 § 032-656-4453
http://www.chungeoram.com
E-mail § chungeorambook@daum.net

ISBN 979-11-04-91106-4 04810
ISBN 979-11-04-90993-1 (세트)

Miracle Direction
기적의 연출

4 서산화 장편소설

FUSION FANTASTIC STORY

도서출판 청어람

Miracle Direction
기적의 연출

Chapter 1
전설의 시작 I

영국국립영화학교(NFTS)의 총장 마크 파웰은 연출과 교수인 닉 바우만, 스티븐 짐머와 식사 자리를 가졌다.

스테이크에 백포도주를 곁들여 먹던 마크 파웰이 먼저 운을 뗐다.

"베니스 영화제에 갔던 신지호 학생이 수상을 했다고 합니다."

"허!"

"될성부른 나무인 줄은 알고 있었지만……."

닉과 스티븐은 놀라움을 감추지 못했다.

마크는 두 교수의 반응을 살피며 말했다.

"허허… 하늘이 무너져도 침착할 것 같던 두 교수님이 놀라는 모습을 다 보고… 베니스 영화제 입상이 대단하긴 하네요."

"이건 도무지… 너무 갑작스러운 소식이라 당황스럽군요. 재학생이 베니스 영화제에서 노미네이트된 것만 해도 학교의 자랑거리로 삼을 일인데 수상이라니……."

"베니스 영화제에서 수상한 감독들 중 최연소 감독 아닙니까?"

닉과 스티븐은 여전히 믿기지 않는 눈치였지만 마크는 미소를 머금고 어깨를 으쓱였다.

"더할 나위 없이 기쁜 일이 아닙니까?"

닉이 그 질문에 관해 되물었다.

"어떤 상이죠? 특별감독상?"

"심장에 안 좋으니 너무 놀라지 마십시오. 무려 황금사자상입니다. 허허!"

"베니스 최고의 상을?"

닉과 스티븐은 경악을 금치 못했다.

"제 귀가 잘못된 게 아니라면, 방금 황금사자상이라고 들은 것 같은데… 맞습니까?"

"네, 맞습니다. 워낙 파장이 큰일이지요. 그래서 말인데, 당분간 면학 분위기가 어수선해질 수 있습니다. 막말로 외부에서 취재진들이 들이닥칠 수도 있고, 내부적으로는 지호의 행보를 보고 열등감을 느끼거나 전의를 상실하는 학생들이 나올 수도 있다는 겁니다. 이럴 때일수록 학생들이 동요하지 않도록 교수님들께서 힘써주셔야 합니다."

그 말에 스티븐이 먼저 대답했다.

"저희도 이렇게 놀랐는데, 지호의 선후배나 동기생들은 어떻게 반응할지 보지 않아도 짐작이 가네요."

잠시 고민에 잠겨 있던 닉은 같은 주제의 다른 이야길 꺼냈다.

"혹시… 전에 총장님께서 말씀하신 대로 '미스터 블루'도 지호 학생이 아닐까요? 베니스 영화제에서 당당히 입상할 정도로 수준 높은 각본을 쓰는 친구라면, 메이저 제작사들의 마음을 훔쳤다고 해도 이해가 갑니다."

"흠, 재미있는 추론이군요."

애매모호하게 답한 마크가 덧붙였다.

"하지만 '미스터 블루'의 정체는 그만 이쯤에서 덮어둡시다. 본인 나름대로 사정이 있을 텐데 실체를 억지로 밝혀내는 건 옳지 않아요. 은막 뒤에 숨은 사람을 강제로 끌어내려고 하면 최악의 경우, 아주 먼 곳으로 달아날 수도 있습니다."

닉은 아쉬운 기색이 가득한 표정으로 조언을 받아들였다.

"궁금한 건 어쩔 수 없지만 총장님 말씀대로 수긍하겠습니다."

만족스러운 대답을 끌어낸 마크는 흡족하게 말했다.

"좋습니다. 참, 그리고 신지호 학생이 귀국해서 학교로 돌아오면 NFTS를 빛낸 공로를 인정해 공로패를 수여할 생각입니다."

닉과 스티븐, 두 사람 모두 아무런 반발 없이 고개를 끄덕였다.

"당연히 축하해 주고 치하해야지요. 뿐만 아니라 신지호 학생의 밝은 미래를 위해 학교 측에서도 지원을 해야 한다고 봅니다."

"저도 닉 교수님 말씀에 동의합니다. 녀석은 처음 왔을 때부터 계속 눈에 띄는 학생이에요. 녀석은 타고난 감각과 어려운 상황을 돌파하는 추진력을 모두 갖췄습니다. 그러나 다른 학생들과의 형평성을 어기진 않아야 합니다. 우리는 이 부분에 관해 신중히 고민해 봐야 할 거예요."

* * *

교수들이 지호의 황금사자상 수상 소식을 전해 들었을 무렵.

빌은 베니스 영화제 공식 홈페이지를 통해 이와 같은 사실을 알게 되고, 마치 자신의 일인 것처럼 기뻐했다. 얼마나 기뻐했는지 홍분해서 얼굴까지 새빨갛게 달아오를 정도였다.

"뭐야? 지호가 황금사자상이라고? 하하하! 내 룸메이트가? 이런 기쁜 일을 왜 진작 말하지 않았던 거야? 아니, 그래… 말했다고 해도 내가 믿지 못했을지도……."

지호가 베니스 영화제에서 좋은 결과를 거두길 내심 기대했지만, 일반적인 수상도 모자라 베니스 영화제 최고의 작품에 주어지는 황금사자상을 떡하니 받아올 줄이야.

'역시… 심사 위원들도 지호의 재능을 알아본 거야!'

그때 마침 약속이나 한 듯이 전화벨이 울렸다.

빌이 베니스 영화제 공식 홈페이지에 접속해 연신 '새로 고침' 아이콘을 눌러대던 것처럼 다른 팀원들도 수상 결과를 확인한 것이다.

첫 번째 수신자는 말라이카 팔빈이었다.

—빌! 신지호가 황금사자상을 탔다고! 지금 이 상황이 믿겨져?

그녀는 엄청나게 흥분해 있었다.

바로 곁에서 앤 로버츠의 목소리도 들려왔다.

—역시 우리가 감독 하난 잘 뽑은 것 같아! 말라이카와 내

가 싸우길 잘했다는 생각이 들 정도라니까?

유력한 감독 후보였던 그녀들이 다투면서 지호가 어부지리로 감독 선출된 일을 말하는 것이었다. 앤과 말라이카는 막상 한 팀으로 촬영에 들어가자 제법 손발이 잘 맞았고 그새 부쩍 친해졌다.

아직도 적응이 안 되는 빌은 피식 웃었다.

'저 두 사람이 융화될 수 있을 줄이야. 역시 사람 일은 한치 앞을 모른다니까.'

남모르게 생각한 그는 수화기 뒤편에 있는 두 여자를 향해 대답했다.

"확실히 실력으로 증명하는 게 가장 빠르네. 이제 너희들도 지호를 완전히 감독으로 인정하는 거야?"

—지금 나보고 세계적인 영화제에서 최고로 인정받은 사람을 인정하냐고 묻는 거야?

말라이카가 황당하다는 듯 되물었다.

순간 앤이 거들었다.

—이제 더 이상 아무도 지호를 단순한 동기생으로 보지 않을 거야. 다들 싸인을 받기 위해 펜과 종이를 준비한 채 지호를 기다릴 거라고!

"내일 우리의 영웅이 돌아오면 기절하겠군."

빌은 고개를 절레절레 저었다.

더 이상 '미스터 블루'의 익명성은 불필요해졌다. '신지호'란 이름이 더욱 유명해져 버린 것이다.

그때 말라이카가 제안했다.

—테일러와 상의해 봤는데, 다 같이 지호를 마중 나가는 게 어때? 함께 모여서 맛있는 점심도 먹고.

그녀가 언급한 테일러 빈은 이번 영화 〈투데이〉의 주인공이었다.

이내 빌은 씨익 웃으며 대답했다.

"좋은 생각인데?"

*　　*　　*

지호가 런던에 돌아온 날은 장대비가 내리고 있었다. 우중충한 날씨였음에도 불구하고 게이트 앞에는 많은 인파가 몰려 있었다.

'뭐지?'

그는 순간 고개를 갸우뚱했다. 하지만 구름같이 불어나는 인파의 정체를 깨닫게 되는 데에는 그리 오랜 시간이 걸리진 않았다.

"신지호 감독님, 입상 축하드립니다. 저는 〈스크린 뷰티〉의 마이크 레젠데스 기자입니다."

"〈런던 시네마〉의 샤샤 파이퍼 기자예요."

"〈스타 매거진〉의 월터 로빈슨입니다."

그들은 저마다 명함을 건넸다. 다행히 배우가 아닌 감독이었기에 카메라를 들이대는 사람은 없었다.

지호는 명함을 받으며 어색하게 웃었다.

"감사합니다. 하하……."

기자들은 저마다 인터뷰 요청을 했다.

그러나 한두 사람이 아니었기에 지호는 선뜻 허락하기도, 거절하기도 애매했다.

이토록 난감한 순간 동아줄을 내려준 건 바로 빌이었다. 그는 팀원들을 모두 달고 마중 나와 기자들에게서 지호를 가로챈 뒤 공항을 빠져나갔다.

"빌, 고마워. 네 덕분에 살았다."

"배우도 아니고 감독인데… 이건 생각보다 더 큰 반응이네? 기자들이 인터뷰 요청한다고 직접 공항까지 납시다니."

"응. 나도 이렇게 적극적일 줄은 꿈에도 몰랐어."

반면 두 남자와 생각이 다른 말라이카가 말했다.

"내가 봤을 땐 당연한 현상인걸? 지호는 동양인이면서 베니스 영화제 역대 최연소 수상자야. 그리고 세계적인 명감독들을 배출한 NFTS에 교환학생으로 와 있지. 모르긴 몰라도 관계자들에게 지호는 엄청난 유망주로 보일걸?"

앤도 고개를 끄덕였다.

“내 생각도 같아. 게다가 외모까지 잘생겼잖아? 이미 팬 페이지가 생겼을지도 모른다고!”

한편 지호는 두 사람 사이의 변화를 놓치지 않았다.

“내가 없는 사이에 두 사람 많이 친해진 것 같은데?”

그에 씨익 웃은 말라이카가 시치미를 뚝 뗐다.

“그전까지도 경쟁자였을 뿐, 딱히 거리를 뒀던 건 아니었어.”

“나도 마찬가지야.”

앤도 동의했다.

서로 인사를 나누는 사이, 잠자코 기회를 보던 테일러 빈이 지호에게 말을 붙였다.

“오랜만에 뵙습니다. 신지호 감독님.”

“아, 테일러 씨.”

지호는 반갑게 인사하다 말고 화들짝 놀랐다. 2주 전 오디션을 봤을 때만 해도 약간 살집이 있는 편이었는데, 지금은 군살 한 점 눈에 보이지 않았다.

“예전보다 살이 많이 빠졌네요. 베니스에 있는 일주일 동안 틈틈이 현장 소식을 들었어요. 럭비 선수와 같은 몸을 만들기 위해서 감량과 근력 운동을 병행하고 계시다고요?”

테일러는 담담하게 대답했다.

"네, 촬영에 들어가기 전에 비해 20파운드(약 9킬로그램)가 빠지고 근육만 10파운드(약 5킬로그램) 붙었습니다."

"와, 대단하네요."

지호는 진심으로 감탄했다.

곁에 있던 빌이 흡족하게 웃으며 덧붙여 설명했다.

"어찌나 지독하게 운동과 식단 조절을 하는지, 혹 쓰러지면 어떡하나 싶을 정도였다니까?"

지호는 고개를 끄덕였다.

'테일러 빈은 신의 한 수야.'

그들은 다 함께 근처 패밀리 레스토랑에서 점심을 들었다.

그 와중에도 테일러는 별도로 가져온 음식으로 허기를 채웠다.

식사 시간 동안 지호는 팀원들에게 촬영 현장에서 있었던 일을 들었다. 대부분 중요한 상황은 베니스에서 보고를 받은 상태였기에, 웃고 넘길 만한 세세한 에피소드들을 들을 수 있었다.

하지만 점차 분위기가 무르익자 빌은 내내 속에 품었던 중요한 문제점을 꺼냈다.

"지호. 사실 네가 베니스에 있을 때에는 상황 해결이 어려워서 말을 안 했던 게 있어."

"뭔데?"

"기존에 럭비를 해봤던 배우들을 기용했지만, 그래도 영 불안해. 그래서 정작 경기 장면은 손도 못 댔어."

"걱정 마. 그 부분은 곧 해결할 수 있을 거야."

지호는 빌을 안심시키며 말을 이었다.

"베니스 영화제 결과가 발표됐으니 이제 투자금도 많이 지원받을 수 있을 테고, 보다 좋은 여건이 마련될 거야."

촬영 장비가 업그레이드된다는 건 안전성을 확보하고 멋진 장면을 만들 수 있다는 의미기도 했다.

이번 영화에서 투자 분야를 담당하고 있는 앤이 진지한 얼굴로 고개를 끄덕였다.

"이제 투자자들이 줄을 설걸?"

그녀는 핸드폰으로 인터넷 기사를 검색해 보여주었다. 핸드폰을 돌려보던 팀원들이 감탄사를 한마디씩 뱉었다.

"와, 벌써 이렇게 떴네?"

"지호 완전 유명인 다됐어!"

자신의 차례가 되자 지호는 쭉 나열되어 있는 기사 제목들을 눈에 담았다.

—신지호 감독 베니스 영화제 황금사자상 수상, 한국 문화부장관도 축하 '잔치 분위기'

—신지호 감독, 천재의 미소. 배우보다 빛나는 조각 같은 외모

—신지호 감독까지… 세계 영화계에서 높아지는 한국의 위상

—신지호 감독과 진흙 속의 진주 4인, 그리고 베니스 영화제의 기립 박수

"하하."

지호는 영국에 들어온 지 얼마 되지 않았는데도 정신이 하나도 없었다.

그나마 다행인 것은 결과적으로 봤을 때, 많은 투자금을 확보할 수 있을 것 같다는 점이었다.

그 순간 앤의 휴대폰으로 전화 한 통이 걸려왔다.

"잠깐 실례 좀."

양해를 구하고 자리에서 일어난 그녀는 밖에 나가서 한참을 통화한 뒤에 돌아왔다.

"우리 제안을 거절했던 투자자한테서 걸려온 전화야. 전에는 분명 2천 파운드도 투자하지 못하겠다던 인간이, 10만 파운드를 선뜻 내놓겠다지 뭐야?"

그 말이 떨어지기 무섭게 팀원들이 환호했다.

"하하하, 뭐? 10만 파운드?"

"맙소사! 그게 정말이야?"

"앤, 네 얼굴에 키스를 퍼부어주고 싶어!"

유일하게 해결되지 않았던 문제가 한 방에 사라지자 그들은 벅찬 마음을 숨기지 못했다.

하지만 좋아하긴 아직 일렀다.

그때부터 앤의 휴대폰에 전화가 빗발치며 끊임없이 전화벨이 울려대기 시작한 것이다.

* * *

〈투데이〉의 투자자들은 날로 늘어갔다. 투자금은 금세 원래 목표치를 넘어섰다.

그 결과 연출팀은 원래 계획보다 훨씬 더 풍족한 여건을 갖출 수 있었다.

촬영 장비와 보조 스태프들을 보충하고, 현역 럭비 선수들을 섭외했다.

앞부분은 확보한 투자금으로 해결했지만 럭비 선수들만큼은 다른 방법으로 꼬여냈다.

그들에게 각본을 보여주고 베니스 영화제에서 받은 황금사자상의 공신력으로 설득한 것이다.

영화가 흥행할 경우 선수들 입장에서도 광고나 TV출연료 등 자신의 상품성을 올릴 수 있는 좋은 기회였다. 구미가 당기는 제안을 하자 선수들은 노개런티나 다름없는 조건으로 순순히 응해주었다.

이렇듯, 앤 로버츠는 촬영 자원을 완벽히 갖춘 뒤에야 투자금 확보를 중단했다.

졸지에 어마어마한 거액을 투자받게 되자 그녀는 가슴이 뛰었다.

'과연 투자받은 만큼 좋은 결과를 뽑아낼 수 있을까?'

설레는 반면 불안감도 무럭무럭 자라났다. 이번 영화가 만약이라도 손익분기점을 넘지 못할 경우, 그들을 믿고 투자한 투자자들이 손해를 보게 되기 때문이다.

초조해진 그녀는 담배를 입에 물었다.

'후, 어쨌거나 이미 주사위는 던져졌어.'

앤이 이런저런 생각에 빠져 있는 사이, 곁에 다가온 지호가 촬영장 간이 의자에 앉으며 물었다.

"앤, 많이 긴장한 표정인데?"

고개를 끄덕인 앤이 대답했다.

"응, 조금."

"하하, 나도 비슷해."

"베니스의 영웅이? 농담이지?"

"글쎄……."

엄밀히 말하면 그녀처럼 긴장한 것은 아니었다.

그러나 부담감만은 지호도 만만치 않았다.

"투자받아서 영화를 만드는 건 처음이야. 하지만 어차피 감독으로서 익숙해져야 될 숙명이라고 생각해. 피할 수 없다면 지금부터라도 적응할 수밖에."

빙그레 웃은 그가 덧붙였다.

"앤. 모든 책임은 내 몫이야."

"에이, 어떻게 네 혼자만의 몫이야? 우린 모두 같은 한 팀인데……."

말은 이렇게 했지만, 사실 그 말을 듣는 순간 앤은 위안이 됐다.

'나, 왜 이렇게 비겁하지?'

대규모 자본이 움직이는 영화판은 그만큼 냉혹하고 엄정한 세계였다. 지호는 베니스 영화제에서 인정을 받은 덕분에 좋은 조건에서 출발할 수 있게 됐다지만, 앞으로 만드는 작품이 연달아 흥행에 실패한다면 그는 더 이상 기회를 얻지 못할 것이다.

그러나 앤은 아니었다.

'영화가 손익분기점을 넘지 못한다면 모든 책임은 오로지 감독에게 돌아갈 거야.'

그럼에도 지호는 그녀를 위로해 주었다.

앤은 이 같은 배려를 마음속 깊이 각인하며 스스로 다짐했다.

'내가 지금 할 수 있는 건 내 역할에 최선을 다하는 것뿐이야. 지호 말대로 그것만 신경 쓰자.'

* * *

지호가 베니스에 가 있는 사이, 나머지 팀원들은 초반부 촬영을 마쳤었다.

가난한 주인공 라이언이 럭비팀에 들어가는 데까지 완성된 것이다.

이번 촬영 장소는 비콘스필드의 럭비 경기장.

배우들을 기다리며 기존 촬영분을 확인한 지호는 썩 만족스러운 미소를 머금었다.

"베니스에 있을 때도 진행 과정을 서면으로 읽어보긴 했지만, 직접 보니 예상했던 것보다 더 잘 나온 것 같아."

칭찬을 받은 말라이카 팔빈은 콧대가 높아졌다.

"뭐, 이 정도쯤이야."

그새 활기를 찾은 앤이 덧붙였다.

"호흡이 꽤 잘 맞았어. 특히 테일러는 뛰어난 배우야."

"그건 맞아. 군더더기 없는 연기 덕분에 NG도 거의 안 났어. 종종 재치 있는 애드리브도 치고. 아마 네가 본 장면 중 절반은 애드리브일 걸?"

깐깐하기로 유명한 앤과 말라이카가 한 목소리로 칭찬을 쏟아냈다.

수긍한 지호가 대답했다.

“오디션 때도 캐릭터를 정확히 이해하고 스며들었어.”

테일러 빈의 연기를 직접 본 건 오디션 때 한 번뿐이었지만, 지호는 그의 자질을 신뢰했다. 그래서 소설을 각색할 때에도 캐릭터의 행동 묘사를 최대한 생략했다. 그런데 아니나 다를까, 테일러는 그 빈 공간을 애드리브로 채워 버린 것이다.

‘테일러는 보기 힘든 배우다.’

그게 테일러를 바라보는 지호의 시선이었다.

그는 미소를 머금고 말했다.

“손발이 척척 맞는 사람들과 작업하면 감독이 할 일이 없어지지.”

호랑이도 제 말하면 온다고, 머지않아 테일러가 등장했다. 그는 불과 2주 전 공항에서 만났을 때보다도 더욱 탄탄해 보이는 구릿빛 몸매였다.

“반갑습니다, 감독님! 말라이카, 앤, 빌, 스티븐, 존슨, 해리…….”

촬영장을 찾은 테일러는 물 만난 물고기처럼 활기차 보였다.

그에 인사를 받은 지호가 물었다.

"테일러. 2주 새 피부가 많이 탔네요?"

"전에는 주인공 라이언이 럭비를 시작하기 전이라 실내운동 위주로 몸을 키웠습니다. 하지만 영화 내용상 이제 라이언도 럭비를 시작했으니 마음 놓고 싹 태웠죠. 아, 물론 팬티 자국은 남겨놓고요!"

"하하, 그럼 태닝을 하신 건가요?"

"아닙니다. 당연히 럭비를 했죠!"

테일러가 자랑스럽게 말을 이었다.

"고등학교 동창 중에 럭비 선수가 있습니다. 녀석들이랑 어울렸어요."

"역시……."

말끝을 흐린 지호는 덤덤한 표정으로 꾸짖었다.

"시기적절하게 피부를 태운 건 좋은 생각이에요. 하지만 연출부에서 붙여준 트레이너의 말을 어기면서까지 격렬한 운동을 하셨다고 들었습니다. 테일러, 부상을 입지 않는 게 가장 중요해요."

럭비는 보호구 없이 격렬한 몸싸움을 하는 스포츠였다. 충분히 다칠 위험이 있고, 주연배우의 부상은 최악의 상황으로까지 이어질 수 있는 가장 쉬운 지름길이었다.

하지만 내심 칭찬을 기대하고 있던 테일러는 울상이 됐다.

"감독님. 전 대역을 쓰고 싶지 않습니다. 하지만 지금 제 실력으론 격한 장면에서 대역을 써야 할 거예요."

"다시 말하지만 대역의 유무를 떠나 가장 중요한 건 배우의 안전이에요. 배우가 다치게 된다면 모든 게 끝입니다."

"아뇨, 그렇다면 왜 많은 배우들이 직접 위험천만한 연기에 도전하고, 또 감독들은 그걸 용인하는 걸까요? 그들은 다치는 상황이 발생할 수 있다는 걸 알면서도 작품의 디테일과 리얼리티를 위해 기꺼이 리스크를 감수하는 것 아닙니까? 저는 최대한 조심할 생각이고, 제가 맡은 역할에 있어서만큼은 대역을 쓰기 싫습니다."

두 사람은 뜻밖의 지점에서 팽팽하게 대립했다.

그러자 지켜만 보고 있던 빌이 중재에 나섰다.

"자자, 우리 촬영 준비해야 하지 않아?"

그에 두 손 드는 시늉을 한 테일러가 말했다.

"감독님, 제 태도가 불쾌하셨다면 죄송합니다. 하지만 전 일어나지도 않은 일에 대해 미리 걱정하고, 억압당하고 싶지 않아요. 캐릭터를 만드는 건 전적으로 제게 맡겨주십시오."

지호는 그의 눈을 빤히 들여다봤다.

'쉽게 고집을 꺾진 않을 거야.'

어쩐지, 지금까지완 달리 너무 쉽다 했다.

"저도 테일러 씨 의견에 대해 생각할 시간이 필요하니, 우선은 촬영 끝나고 다시 얘기하는 편이 좋겠어요."

"역시 감독님과는 말이 통하는군요! 대화라면 언제든 환영입니다."

두 사람을 일단 멈춰둔 빌은 현장을 돌며 외쳤다.

"장비 점검 모두 끝났습니다! 카메라 달아주세요!"

멀찍이 그 모습을 보던 지호가 테일러에게 말했다.

"지금부터 숏 들어가기 전까지 충분한 스트레칭을 해두세요. 상대 배우들과 호흡만 맞춰본 뒤, 리허설 없이 바로 촬영 들어가겠습니다."

그는 촬영 전 준비 과정을 최대한 압축했다. 격렬한 몸싸움이 들어가는 장면을 반복해 봐야 부상 확률만 높이는 꼴이 될 수 있었기 때문이다.

테일러는 가볍게 스트레칭을 하며 활짝 웃었다.

"언제든 종만 울려주세요, 대장! 나가서 놈들을 묵사발 내놓죠."

그가 연기할 라이언의 대사였다.

* * *

연출팀은 경기장 전체에 열두 대의 카메라를 설치했으며 렌트한 무인 항공촬영용 플라잉 캠(Flying Cam)을 꺼냈다. 비콘스필드 럭비 경기장은 시합이 없는 날에 한해 비행 허용 구역이었던 것이다.

지호는 촬영감독인 스티븐과 촬영 계획에 대해 논의했다.

"스티븐. 처음에는 초고공비행으로 경기장과 주변까지 담을 거야. 그다음 경기장을 한 바퀴 돌며 경기 장면을 전체적으로 찍고, 마지막은 눈높이 정도 저공비행으로 직진하면서 몸싸움 하는 라이언을 잡자. 오케이?"

"후, 엄청 긴장되네."

스티븐이 표정을 딱딱하게 굳혔다.

그에 지호가 스티븐의 어깨를 두드리며 말했다.

"너무 긴장하지 마. 조종은 내가 할 테니 모니터 보면서 카메라 구도랑 초점만 신경 쓰면 돼. 플라잉 캠은 우리 둘 다 처음이니까 즐기는 마음으로 촬영하자."

"오케이."

스티븐에게 대답을 들은 지호는 손목시계를 확인했다.

나머지 스태프들은 전부 관중석으로 올라가서 입장하는 보조 출연자들을 통제했다.

지호는 경기장 스피커와 연결된 마이크를 부착하고 입을 열었다.

"관중분들께선 자신이 맡은 팀을 응원하며 편하게 경기를 즐겨주시면 됩니다."

보조 출연자들에게 일러둔 그는 테일러를 비롯한 럭비팀 선수들을 찾아가 주의 사항 등을 직접 전달했다.

"호흡을 맞추는 대로 촬영 들어가겠습니다. 첫째도 안전, 둘째도 안전이 중요해요."

"네, 알겠습니다."

럭비팀 주장이 대답했다.

뒤편의 선수들은 떠들썩하게 웃으며 웅성거렸다.

"TV광고나 해봤지, 영화라니… 이거, 이러다 우리 중에 배우라도 나오는 거 아니야?"

"은퇴한 뒤에는 영화배우가 될 수 없다는 법도 없지!"

"하하하, 꿈 깨라! 너무 갔어. 넌 거울도 안 보고 사냐?"

전혀 진지하지 못한 모습에 지호는 불쑥 걱정이 들었다.

'방심하면 사고가 나는 법인데.'

그는 생각만 해둔 채 섣불리 나서지 않고 테일러에게로 갔다.

"선수들과 동선 좀 맞출게요. 준비 됐죠?

"물론입니다. 제가 지난 2주간 밤낮으로 대학 럭비팀 친구들을 괴롭히며 배운 성과를 보여드리죠. 심지어 용병으로 연습 경기까지 뛰었다고요. 아마 감독님도 만족하실 겁니다!"

"그럼, 기대하겠습니다."

테일러는 선수들과 동선을 맞추기 시작했다.

본인이 호언장담했던 것처럼 훨훨 나는 모습을 보며 지호는 내심 놀랐다.

'진짜 노력파긴 한가보네. 그 짧은 기간 동안 저만큼이나 실력을 갈고 닦았단 말이야? 생각보다 더 잘하는데?'

게다가 시너지 효과도 일어났다. 적당히 상대해 줘야겠다고 생각하던 선수들이 진지한 얼굴로 임하게 된 것이다.

동선을 맞춘 지 한 시간쯤 지났을까? 테일러와 선수들이 움직이는 모습을 쭉 지켜보던 주장이 지호에게 다가와서 말했다.

"감독님. 모든 운동이 그렇겠지만, 한순간에 선수처럼 할 순 없습니다."

"그렇겠죠. 하지만 테일러는 럭비를 해본 경험이 있어서 그런지 제법 잘하는데요?"

"음. 제 생각에는 한 일주일 정도 저희와 훈련을 한 뒤에 다시 촬영하면 더 좋은 장면을 만들 수 있을 것 같습니다. 그땐 정말 선수 못지않은 움직임을 보일 수 있을 거예요. 하지만 지금은 좀 위험합니다. 아예 못하는 것보다 어중간하게 하는 게 더 위험해요."

그렇게 말한 주장이 재차 설득했다.

"우리 애들이 애를 먹는 이유도 그겁니다. 저 양반은 선수처럼 달려드는데, 우리 애들은 시합 때처럼 받아칠 수가 없는 거죠."

지호는 그의 말을 귀담아 들었다.

준비를 마친 상태에서 철수하게 되면 기간적으로 손해일 뿐 아니라 보조 출연자들에게 또 한 번 출연료를 지급해야 하고, 촬영 장비도 다시 빌려야 했다.

그러나 이 모든 손해보다 중요한 건 배우의 안전이었다.

"알겠습니다. 우선 배우와도 상의를 해보고 정확히 결정하죠."

지호는 테일러를 불러서 럭비팀 주장의 의견을 전달했다.

"…그래서 앞으로 딱 일주일만 동선을 맞추는 연습을 하면 지금보다도 더 좋은 장면이 나올 수 있다는 생각입니다."

"감독님. 저는 지금도 충분히 가능하다고 생각합니다."

테일러가 멀찍이 떨어진 럭비팀 주장의 눈치를 살피며 말을 이었다.

"이렇게 말해도 될지 모르겠지만… 가능한지 불가능한지는 선수들과 몸으로 부대껴 본 제가 가장 잘 알고 있습니다. 그들은 연기를 모르지만 전 연기를 알죠. 실제 시합이면 그분의 말씀이 옳습니다만, 연기로 동선을 맞출 정도 수준은 된다고 생각합니다."

그는 이어서 목소리를 낮췄다.

"감독님. 솔직히 그분 입장에선 일반인인 제가 선수들과 무리 없이 어울리니까 자존심도 상하고 당황스럽기도 하고, 제 실력에 확신도 서지 않을 겁니다. 조심해서 촬영해 보고 위험하겠다 싶으면 그때 중단하는 게 어떨까요?"

Chapter 2
전설의 시작II

지호는 즉시 대답하지 않고 주변을 돌아봤다. 그러자 촬영 준비를 완료한 상태로 기다리는 스태프들이 눈에 들어왔다. 그들 모두 촬영에 대한 기대감과 흥분이 공존하는 모습이었다.

'아직 문제가 발생하지 않은 상태에서 촬영을 중단할 명분이 없어. 마땅한 이유 없이 촬영을 중단하자고 하면 스태프들도 반대하겠지. 최악의 경우에는 팀원들 전체의 의욕을 꺾는 결과를 나을 수도 있어.'

결국 지호는 테일러에게 말했다.

"테일러 씨가 촬영에 안전하게 임하셔야 한다는 제 의견은 변함이 없습니다. 결코 의욕이 앞서선 안 된다는 뜻이에요."

"알겠습니다, 감독님! 아무 일도 없을 테니 너무 걱정 마십시오."

테일러는 여전히 자신만만했지만 지호는 그 점이 가장 찜찜했다.

작은 방심이 부주의를 낳고 부주의는 불운을 불러들일 수 있다.

"무슨 사고든 터지기 전에 예방해야 합니다. 터진 뒤에는 이미 늦어요."

거듭 당부한 지호는 럭비팀 주장에게 가서 말했다.

"저도 일부분은 동의하지만, 이제 와서 촬영을 중단하는 것은 어려울 것 같습니다. 이미 모든 스태프들이 준비를 마쳤고 배우도 원치 않아요."

"네, 알겠습니다."

감독과 스태프는 지휘자와 악단 같은 관계다. 불협화음이 생겨도 결국은 지호의 지휘봉을 따라 움직이게 마련이다.

그러나 감독과 배우는 지휘자와 테너 같은 관계다. 양측 간에 조율을 하지 않으면 산산이 부서지고 말 것이다.

단체 생활에 익숙한 럭비팀 주장은 현 상황을 수긍하면서도 영 신경이 쓰였는지 덧붙였다.

"감독님, 너무 걱정 마십시오. 제가 으름장을 놓긴 했지만 서로 조심한다면 별문제는 없을 겁니다."

"네, 잘 부탁드립니다."

지호는 살짝 고개를 숙이며 인사했다. 이런 와중에도 지호의 시선은 테일러에게서 쉽게 떨어지지 않았다.

'주의를 줬으니 일단 믿고 맡겨보는 수밖에.'

촬영이 결정된 이상 지체될 이유는 없었다.

지호는 경기장 대형 스피커와 연결된 마이크를 켜며 현장을 통제했다.

"지금부터 촬영을 시작하겠습니다. 카메라가 돌아가면 적극적으로 응원하며 편하게 경기를 즐겨주시기 바랍니다."

그는 마이크를 끄고 이름을 불렀다.

"스티븐?"

"응! 준비됐어."

플라잉 캠에 카메라 장착을 마친 스티븐은 지호에게 조종장치를 건넸다.

장치를 넘겨받은 지호는 플라잉 캠을 띄우고 이리저리 움직여 보더니 하늘 높이 날기 시작했다.

모니터를 통해 지켜보던 스티븐이 손가락을 동그랗게 말아 보였다.

"오케이! 세팅 다 됐어."

지호가 살짝 웃으며 물었다.

"진짜 멋지지?"

모니터에서 시선을 떼지 못하고 고개를 끄덕인 스티븐은 넋 나간 사람처럼 중얼거렸다.

"이런 촬영이 가능하다니… 너무 황홀해."

"나도."

짧게 답한 지호가 마이크를 켜고 신호했다.

"카메라 롤, 레디―!"

찰나의 순간 카메라와 오디오의 위치, 배우들과 스태프들의 준비 상태 등을 체크한 지호는 마지막으로 한국 연출팀원들이 선물한 슬레이트에 씬 넘버를 적어 넣고 외쳤다.

"액션!"

관중들은 환호하고 선수들이 경기 준비를 했다.

영락없는 럭비 경기의 현장 그 자체였다.

'길은 잘 닦아놨어. 이제부터 시작이다.'

썩 만족한 지호는 조종 장치를 조작하며 항공촬영을 시작했다.

하늘 높이 떠서 경기장 전경을 품은 플라잉 캠이 직각으로 떨어지더니 경기장을 한 바퀴 돌고난 뒤 저공비행을 했다. 그 끝에는 충돌하는 선수들이 있었다.

쿵!

"윽!"

테일러는 이를 악물었다. 막상 촬영에 들어가자 상대방 태클의 강도가 달라졌다.

순식간에 붕 떠서 쓰러진 그의 시야에 커다란 손이 들어왔다.

"미안하다. 샌님이란 걸 잠시 잊었군."

그전부터 테일러를 아니꼽게 보던 선수였다.

'연습 좀 했다고 너무 까불어. 이쯤 했으면 알아먹었겠지.'

다치지 않고 등짝에 불이 날 정도로만 태클을 걸어서 정신을 번쩍 차리게 해줄 속셈이었다.

그러나 고집 센 테일러는 손을 잡고 일어나며 씨익 웃었다.

"흥, 샌님이란 말을 쏙 들어가게 해주마. 연극판은 심심한 줄 알아? 나도 이가 없으면 잇몸으로 덤벼가며 단맛, 쓴맛, 똥맛까지 다 맛본 인간이야."

"허. 이거 완전 꼴통이구만? 혼나봐야 정신 차릴 놈이야."

두 사람 사이에 은밀하게 오간 신경전이었기에, 서로 손을 잡고 일으켜 주는 행동으로는 아무도 알아챌 수 없었다.

생전 처음 조종해 보는 항공촬영 장비에 정신이 팔려 있던 지호 역시 별 낌새를 못 채고 말했다.

"NG! 준비되면 바로 다시 갈게요!"

그렇게 다시 촬영이 재개됐다.

플라잉 캠이 저공비행을 시작하면서부터 선수 간에 충돌이 일어났다.

그 순간 문제가 생겼다.

퍼억!

둔탁한 소리와 함께 테일러가 대각선으로 땅바닥에 처박혔다.

붕 떠서 넘어졌던 방금 전과는 전혀 다른 상황이었다.

당황한 선수들이 형편없이 쓰러진 테일러의 주위로 몰려들었다. 그중에는 태클을 걸었던 선수도 포함돼 있었다.

"젠장… 왜 태클을 피하려 한 거야?"

그 말대로 테일러는 선수들과 약속된 동선에서 벗어나 애드리브를 치려했다. 당연히 동선이 꼬였고, 그 결과 지금은 다리를 붙잡은 채 바닥을 나뒹굴며 괴로워하고 있는 것이다.

선수들 틈을 헤집고 다가간 럭비팀 주장이 한껏 부어오른 발목을 만져보며 상태를 알렸다.

"골절상은 아니에요. 다행히 인대만 늘어난 것 같습니다."

옆에서 들은 지호는 급히 챙겨온 구급상자에서 지지대와 붕대부터 꺼내 테일러의 발목을 고정시켰다. 응급처치를 마친 그는 럭비팀을 보며 부탁했다.

"지금부터 환자를 병원으로 이송할 겁니다. 한 분만 나서서 저를 좀 도와주세요."

"제가 함께 부축하겠습니다."

테일러에게 태클을 걸었던 선수였다.

고개를 끄덕인 지호가 고개를 돌려 빌에게 말했다.

"빌, 우선 촬영을 중단하고 보조 출연자, 보조 스태프들은 처음 모집할 때 명시한 일급여대로 전부 지급해 줘. 이번에 함께했던 대행업체 통해서 오늘 촬영했던 사람들로 다음 촬영 때 나올 수 있는지 스케줄도 체크해 주고."

"어, 알겠어."

어느 정도 상황을 정리한 지호는 럭비 선수와 함께 테일러를 병원으로 옮겼다. 다행히 경기장 바로 옆에 대학 병원이 위치해 있었다. 의사의 소견 역시 럭비팀 주장과 일치했다.

"심한 부상은 아니고, 인대가 조금 늘어난 것 같습니다."

진단을 받은 테일러의 얼굴이 시한부 선고라도 받는 사람처럼 충격으로 물들었다.

"그, 그럼 언제부터 정상적으로 움직일 수 있죠?"

"전치 2주입니다. 휴식을 취하는 편이 좋을 거예요."

의사는 대수롭지 않게 대답했다.

그러나 테일러에게는 청천벽력이었다.

"선생님! 더 빨리 회복할 수 있는 방법은 없을까요? 한 일주일 만에 나을 수 있는 방법이라거나……."

의사가 단호하게 고개를 저었다.

"하하, 아뇨. 제가 마법사가 아닌 한 불가능합니다."

결국 테일러는 힘없이 진료실을 나왔다.

그런데 로비에 지금 가장 만나기 두려운 존재인 지호가 기다리고 있었다.

"의사 선생님이 뭐라고 하시던가요?"

"그게… 인대가 늘어나서 2주 정도는 휴식을 취해야 한답니다."

테일러는 눈을 질끈 감았지만, 그러게 내가 뭐랬냐느니 책임지라느니 하는 질타는 들려오지 않았다.

지호는 오히려 어깨를 두드려 주며 말했다.

"일단 푹 쉬면서 건강부터 회복하세요."

그때 테일러는 직감했다.

'아! 이대로 끝나는 건가?'

간절하던 배역이 날아가는 소리가 생생히 들려왔다. 그렇다고 해서 한쪽 다리가 아작 났는데 무릎 꿇고 빌 수도 없는 노릇이었다. 어차피 걷고 뛸 수조차 없으니 당분간 촬영은 무리였다.

'프로덕션 기간에 2주는 영원과도 같아. 난 이번 영화에서 아웃이야.'

내심 확신한 테일러는 입술이 바짝 말랐다.

그 순간 지호가 말문을 열었다.

"혹시 라이언 역할을 계속하고 싶은 생각이 있나요?"

"네?"

테일러는 자신의 귀를 의심했다.

"전 2주 동안 활동하지 못하는데요?"

"알고 있습니다."

"그, 그야 물론이죠. 할 수만 있다면 계속 라이언 역할을 하고 싶습니다!"

우렁차게 대답한 타일러가 눈치를 보더니 재빨리 지호의 손을 붙잡으며 간청했다.

"감독님, 배역을 놓치지 않기 위해서라면 정말 뭐든 할 수 있습니다! 어떻게 생각하실지 모르겠지만 시나리오를 본 순간부터 제 배역이라고 생각했습니다. 그래서 더 완벽하게 해내고 싶었어요. 아무리 그래도 감독님 말씀을 잘 들었어야 했는데… 죄송합니다."

"알겠습니다. 스태프들과 다시 한 번 이야기해 보죠. 단, 제게도 조건이 있습니다."

타일러는 고개를 세차게 끄덕였다.

"네! 말씀만 하십시오!"

"만약 라이언 역할을 계속 할 수 있게 된다면 앞으로 2주 동안 인대가 늘어난 환자가 아닌, 전신 마비 환자로 지내주세요."

"예? 그게 무슨……."

"승승장구 하던 라이언은 경기 중 끔찍한 사고로 인해 전신 마비에 빠지고 만다. 〈투데이〉 내용, 기억하죠?"

"아……!"

테일러는 그제서 이해할 수 있었다.

"24시간 제 온몸을 묶고 있는 한이 있더라도 꼭 해내겠습니다!"

확답을 받은 지호가 고개를 끄덕이며 말했다.

"비록 2주지만 전신 마비 환자로 산다는 건 상상도 못할 만큼 괴로울 거예요."

그에 테일러는 마른 침을 꼴깍 삼켰다.

'도대체 신 감독의 머릿속에는 뭐가 들어 있을까? 문제 덩어리인 날 다시 믿어주다니…….'

그는 감동하면서도, 왜 지호가 자신과의 의리를 지키려하는지 내심 의구심이 들었다.

한편 지호가 이런 결정을 내린 이유는 의리가 아니었다. 테일러만이 2주의 전신 마비 체험을 견뎌낼 수 있는 배우라고 여겼기 때문이다.

'테일러는 대단한 집념과 노력을 겸비한 배우야. 자기 자신의 고집과 자만심만 버린다면 기대 이상의 기량을 발휘할 수 있을 거야.'

〈투데이〉의 클라이맥스는 럭비 경기가 아니었다. 주인공 라이언의 연승 가도 후 닥쳐오는 불행부터가 진짜였다.

어느 날 불현듯 교통사고가 나고 전신 마비가 됐을 때의 감정은, 절대 비슷한 경험 없이 나올 수 없다고 생각하는 지호였다.

'이제 남은 건 팀원들의 마음을 돌리는 일.'

자신의 생각을 오픈했을 때 몇 명이나 따라줄지 안 봐도 비디오였다.

대부분이 반대를 하겠지. 그러나 테일러가 요양하면서까지 전신 마비된 라이언을 연기하고 있다는 사실을 알면 절반은 넘어올 것 같았다.

"배우를 바꾸지 않는 방향으로 최대한 노력해 보겠습니다. 제가 지금 결정을 후회하지 않도록 부디 잘 따라주세요."

지호가 말했고, 테일러는 깊이 고개를 숙였다.

*　　　*　　　*

팀원들의 반응은 지호의 예상을 크게 빗나가지 않았다. 배우를 교체하자는 의견이 빗발친 것이다.

말라이카 역시 그중 한명이었다.

"기가 막혀서! 2주 넘게 시간을 허비하면서 배우를 기다리자는 거야? 테일러가 안쓰럽지만, 그건 우리 모두한테 너무 큰 리스크야. 지금까지 촬영해 둔 회차가 많지 않으니까 예전 오디션에 참가했던 배우들 중에 가장 적합한 배우로 교체하면 금방 촬영을 재개할 수 있을 거야."

다른 팀원들도 고개를 끄덕이며 동의했다.

그러나 지호만은 배우 교체를 반대하는 입장이었다.

"다들 알잖아? 우리 작품의 클라이맥스는 주인공 라이언의 전신이 마비된 다음부터야."

"그런데?"

"라이언을 이해하기에 지금 가장 적합한 사람이 바로 테일러라는 거지. 테일러에게는 간절함도, 자질도 있어. 때마침 다쳤으니 라이언을 이해하기도 좋은 환경이 마련된 셈이지. 그는 배역을 위해 2주간 온몸을 꽁꽁 묶고 라이언이 되어보겠다고 했어."

놀란 표정의 앤이 물어왔다.

"테일러가 그랬단 말이야?"

"응. 캐릭터가 되어봐야 캐릭터를 이해할 수 있으니까."

대답한 지호가 말을 이었다.

"이미 오디션에서 떨어진 배우를 섭외할 순 없어. 그건 최선이 아닌 환경에 타협하는 거니까. 그럼 배역을 새로 뽑는 방법뿐인데, 적임자를 찾으려면 시간이 소요되겠지. 더구나 테일러 같은 적임자가 나올 수 있을지도 미지수야. 그럴 바에는 조금 기다렸다가 촬영하는 편이 낫지 않겠어?"

테일러 빈은 눈만 깜빡였다.

전신 마비가 온 사람의 심정을 온전히 이해할 수는 없었지만, 전신을 옭아맨 것만으로도 숨 막히는 답답함을 느꼈다.

그리고 불현듯 들이닥친 공포심이 머릿속을 간질인다.

'얼마나 끔찍할까?'

순간 소름이 돋았다.

전신에 힘이 빠져나간 채 다신 손가락 하나 까딱할 수 없는 지경이 된다면 어떤 기분이 들까. 과연 긍정적인 마음을 가질 수 있을까?

대본 속 대사들이 떠오르자 눈시울이 뜨거워졌다. 이내 눈물이 폭포처럼 흐르기 시작했다.

테일러가 연기하는 라이언은 낙상으로 인한 경수 손상으로 사지 마비, 체간 기능장애, 호흡 기능장애를 앓는다. 엎친 데 덮친 격으로 방광 기능장애 합병이 왔고, 마비 부위에 욕창이 생겨 다리를 절단하기에 이르렀다.

이후 더 깊은 절망에 빠진 그는 길거리 인생에서 자신을 구제해 준 코치에게 부탁한다.

완전히 몰입된 채, 테일러가 대사를 쳤다.

"코치님, 저는 꿈을 이뤘어요. 절망뿐이었던 제 인생은 완전히 바뀌었죠. 멋진 팀, 제 플레이에 열광하는 관중들, 부와 명예… 전 이미 모든 걸 얻었어요. 이젠 갈 때가 됐어요. 부디 당신 손으로 보내주세요."

간절한 목소리가 지옥 속에서 올라왔다.

'이대로 살지도 죽지도 못한 채 삶을 이어나갈 순 없어.'

테일러에게 순간 코치의 낮은 음성이 들려오는 듯했다.

—미안하네. 난 할 수 없어. 내 손으로 자네를 죽일 수는 없네.

테일러는 몇 차례 자살 시도 후 한 줄기 희망을 찾는다. 자전적 수필을 집필하기 시작한 것이다. 코치는 그를 도와 부르는 대로 필사한다.

"…나는 열두 번의 승리 동안 수없이 넘어지고 일어났지만, 이번만큼은 일어날 힘이 없었다. 끔찍한 고통이 휩쓸고 간 뒤 팀원들의 표정이 보였다. '왜 멍청한 표정으로 서 있어? 날 빨리 일으켜야지!' 그런데 아무 말도 나오지 않았다."

대사를 치는 동안 테일러는 호흡을 조절하며 감정을 살렸다. 끔찍한 기억을 떠올리는 표정은 너무 담담하게 굳어 있어 오히려 괴로워 보였다.

극의 시간이 얼마간 흐른 뒤, 주인공 라이언에게 또 한 번 시련이 닥쳐온다. 안면 마비가 오며 눈만 끔뻑이는 처지가 되어버린 것이다.

그럼에도 코치와 라이언은 포기하지 않았다. 마비가 진행되는 동안 약속을 정하고, 마비된 후에는 눈을 깜빡이는 횟수로 소통하며 수필을 완성해 냈다.

테일러는 이 모든 연기를 훌륭하게 해냈다. 절망이 연쇄되며 심화되는 과정을 절제된 연기로 그려 나갔다. 현실감 넘치지만 지독히 삭막한 무채색 연기였다.

2주 뒤, 현장 리허설을 마친 테일러는 팀원들의 뜨거운 박수를 받았다.

지호가 끝끝내 배우 교체를 주장했던 말라이카와 빌을 보며 능청스럽게 물었다.

"어때? 다들 만족했으면 좋겠는데."

"원래 연기 잘하는 건 알고 있었지만… 진짜 연기 잘한다."

빌이 입을 반쯤 벌리며 감탄하자, 말라이카 역시 새침하게 긍정했다.

"뭐, 이번에는 네가 맞았네. 신지호."

두 사람에게 살짝 웃어 보인 지호는 테일러를 불러 말했다.

"나무랄 데 없는 연기였어요."

"감사합니다."

테일러의 이미지는 불과 2주 새 많이 바뀌어 있었다. 예전의 밝고 활기찬 모습과 달리 어딘지 울적해 보였던 것이다.

'그러고 보니… 체중이 너무 많이 빠졌어.'

지호는 턱을 쓸며 고민에 잠겼다.

테일러는 사고 이후 병실에 누워 있는 라이언을 연기하기에 더할 나위 없이 적합한 모습이었다.

그러나 시합 장면을 연기하기에는 너무 왜소해 보였다. 단순히 누워서 연기만 했다고 보기에는 믿겨지지 않을 정도로 피골이 상접해 있었다.

"…테일러. 대체 그동안 어떤 연습을 했던 거예요?"

"하아……."

나직이 한숨을 내쉰 테일러가 얼굴을 휴지 조각처럼 일그러뜨렸다.

"말씀드린 대로 제가 할 수 있는 최선을 다했습니다. 집으로 돌아가서 우선 다리 깁스를 풀고 간병인을 불렀죠. 제 목표는 2주 동안 그녀를 속이는 것이었습니다. 그리고 성공했어요."

지호는 소름이 돋았다. 간병인이 씻겨주고 대소변을 받아줄 때의 치욕감을 이겨내야 했을 것이다.

'그렇게까지 하길 요구했던 건 아니었는데.'

지호는 고개를 절레절레 저었다.

물론 크리스찬 베일도 영화 촬영을 위해 2년마다 몸무게를 20~30kg씩 늘렸다 빼길 네 번이나 반복했으며, 잭 니콜슨은 〈샤이닝〉 촬영 전 몰입하기 위해 도끼를 들고 난동을 부렸다고 한다.

그런가 하면 김혜수는 드라마 〈순심이〉를 촬영하던 고등학교 3학년 시절 아버지에게 두들겨 맞는 장면에서 실제로 맞길 자처했다고.

이외에도 배우가 배역에 집중하기 위한 노력에는 상상을 초월하는 일화들이 많았다.

"테일러, 정말 못 말리겠네요. 건강은 괜찮아요?"

"네, 괜찮습니다. 너무 누워 있어서 피부병이 난 것 빼고는요. 지금은 치료를 받고 있습니다."

"…그 노력이 헛되지 않도록 잘 찍겠습니다."

다짐한 지호가 말을 이었다.

"그런데 지금 상태로는 경기 장면을 촬영할 수 없어요. 경기장 씬은 사고가 있었던 날 찍어둔 필름으로 대체할 생각입니다. 시합 장면은 대역을 쓸 거고요."

예전 같으면 고집을 부렸을 테일러였지만, 이번에는 자중하는 모습을 보여줬다.

"한 번 크게 혼쭐이 났으니 무조건 감독님 말씀에 따르겠습니다. 더는 다른 스태프나 배우들에게 피해를 줄 수 없죠."

"그렇게 생각해 주니 고마워요."

지호는 테일러의 바뀐 태도가 썩 마음에 들었다. 고삐 풀린 망아지를 잘 길들여진 적토마로 만들었다면, 지난 2주는 절대 헛된 시간이 아니었다. 그는 스티븐에게로 가서 물었다.

"사고 당일 경기장 카메라로 촬영했던 장면은 좀 어때?"

"상태가 좋진 않아. 플라잉 캠으로 촬영한 장면은 말할 것도 없고."

대답한 스티븐은 그날 촬영분을 보여주었다.

팔짱을 낀 채 모두 감상한 지호가 어깨를 으쓱였다.

"뭐, 나쁘지 않은데?"

"응? 이게?"

스티븐은 황당하다는 듯 말을 이었다.

"딱 봐도 테일러한테 핀트가 하나도 안 맞았는데."

"글쎄… 경기 장면을 자세히 다룰 게 아니라면 초점은 중요치 않을 것 같아서."

"초점이 중요치 않다?"

“옛날 필름처럼 가는 거지. 자료 화면을 삽입한 것처럼.”

“괜찮을까?”

스티븐은 긴가민가했다.

한편 지호는 벌써부터 두 눈을 반짝이고 있었다.

“원래는 럭비 선수로서의 활약을 직접적으로 보여주려 했지만… 영화 초반 럭비팀에 들어가는 과정에서 그의 천재성을 보여줬는데 굳이 또 반복해 얘기할 필요가 있을까 싶어.”

“하긴! 감동적인 영화를 만들기 위해선 스포츠 영화에 경기 장면이 가득하거나, 액션 영화에 액션이 가득하면 안 된다는 법칙이 있긴 하지.”

결과가 정해진 시합이나 액션을 반복할 경우 관객은 지루해진다. 해서 다양한 방법으로 끊임없이 말초신경을 자극한다면 그건 B급 영화다.

일류 영화는 관객의 감정을 쥐락펴락해야 한다.

곰곰이 생각하던 지호가 대답했다.

“배우도, 스태프들도 최고였어. 우린 훌륭한 영화를 만들 수 있는 필름을 가진 셈이지. 스티븐, 이제부턴 우리의 편집에 달렸어.”

*　　　*　　　*

그 후 일주일 동안 촬영을 모두 끝낸 지호는 스티븐, 앤과 편집실에 나란히 앉았다.

영국국립영화학교(NFTS)에는 편집실이 여러 개 마련되어 누구든 자신이 원하는 시간대에 이용할 수 있었다.

스티븐은 입안이 바싹 말랐다.

"후우… 그럼 시작해 볼까?"

"좋아."

대답한 지호가 빙그레 웃으며 편집 프로그램을 만졌다.

곁에서 그 모습을 지켜보던 스티븐이 물었다.

"수업 때 프로그램 다루는 건 봤어도 편집하는 건 처음이네. 역할 분담은 어떻게 할까?"

"일단 내가 1차 편집 끝내고 스티븐이 2차 편집을 해줘. 모두 끝나면 앤이 음향을 만져주고. 어때?"

이번에는 앤이 손가락을 동그랗게 말았다.

"오케이! 시작해."

고개를 끄덕인 지호가 편집을 시작했다. 그는 자신이 편집 때 쓸 테이크만을 섬광 기억으로 찍어둔 상태였다.

동시에 마우스와 키보드에 가 있는 손이 빠르게 움직였다. 장면들이 휙휙 넘어갔다.

보통 사람은 눈으로 쫓기도 힘들 만큼 빠른 작업 속도에 잠시 정신이 팔렸던 앤이 멍한 표정에서 화들짝 깨며 물었다.

"지금 뭐하는 거야?"

그녀의 뾰족한 목소리에 놀란 스티븐이 연달아 말했다.

"지금 전부 보면서 편집하고 있다고 거짓말을 하진 않겠지?"

그러나 지호는 전혀 들리지 않는지 편집에만 몰두할 뿐이었다.

답답해진 앤이 재차 입을 열려던 찰나, 스티븐이 팔을 뻗어 그녀를 막으며 말했다.

"앤, 잠깐 있어봐. 뭘 하는지 몰라도 장난치는 건 아닌 것 같아. 진지하게 임하고 있잖아?"

그는 뭔가를 본 것 같았다.

한참을 빤히 바라보던 앤도 마침내 고개를 끄덕였다.

"…알겠어. 일단은 한 번 기다려 보자."

지호는 이후 세 시간 만에 편집을 끝냈다.

관자놀이부터 볼을 타고 땀 한 방울이 흘렀다. 물 한 잔도 마시지 않고 오로지 편집에만 심혈을 기울인 것이다.

그는 넋 빠진 스티븐과 앤을 돌아보며 말했다.

"표정들이 왜 그래?"

"정말… 이 속도로 편집했던 거였어?"

앤은 믿기 힘든 표정이었다.

이는 스티븐도 매한가지였다. 그는 상체를 들이밀며 서둘러

지호가 편집한 영상을 돌려보았다. 그 결과 시간이 지날수록 입이 벌어졌다.

"이 정교한 편집은 또 뭐야? 내가 열두 시간 붙들어도 이 정도로 디테일하게 편집하는 건 불가능할 것 같은데… 장면, 장면 세심한 부분까지 완벽히 살렸어."

앤이 고개를 내저었다.

"아니, 이건 정교하고 말고의 문제가 아니야. 할리우드에서 내로라하는 유명 편집감독은 물론, 감독 할아비가 와도 이런 솜씨는 발휘하지 못할걸?"

그녀는 지호에게 재차 물었다.

"대체 뭘 어떻게 하는 거야?"

그러자 지호는 어물쩍 둘러대며 넘어갔다.

"하하, 그냥 집중했을 뿐이야."

그때 모니터를 지켜보던 스티븐이 고개를 저었다.

"완벽해. 손댈 데가 없어. 젠장, 어떻게 이럴 수가 있지?"

두 사람은 지호를 딱히 의심하지 않았다. 그저 경악할 만한 능력에 혀를 내두를 뿐이었다.

* * *

교수들은 원탁에 둘러앉아 스크린을 보고 있었다.

스크린으로부터 흘러나온 불빛이 교수들에게 맺혔다 사라지길 여러 번, 종종 웃음과 울음이 뒤섞였다.

엔딩 크레디트가 올라간 후에도 교수들은 아무도 일어나지 않았다.

멍하니 스크린을 보고 있던 총장 마크 파웰이 입을 열었다.

"이런 영화는 오랜만입니다. 신지호 감독에게 고맙다는 말을 하고 싶어지는군요."

그는 지호를 부르던 호칭을 바꾸었다. 지금까지 총 열편의 실습 작품들을 봐왔지만 '감독'으로 칭한 것은 예외적인 경우였다.

그런데 그게 시작이었다.

지금껏 별다른 반응을 보이지 않던 교수들에게서 극찬이 터져 나왔다.

"하, 믿을 수 없습니다. 이런 영화를 본교 학생이 만들었다니……."

"베니스 영화제에서 황금사자상을 수상한 것도 전례 없는 데뷔전을 치른 셈인데, 그건 시작에 불과했군요."

"허허, 〈투데이〉 투자자들도 입이 귀에 걸리겠어요."

한참이 지나서야 소요가 가라앉았다.

가만히 앉아서 듣고 있던 마크 파웰이 선언했다.

"우리 학생 작품이라고 해서 학교가 전면에 나설 수는 없습니다. 이곳은 교육을 목적으로 만들어진 곳이지, 상업적인 목적을 띈 곳이 아니니까요. 단, 교수님들의 개인적인 행동까진 터치하지 않겠습니다."

그 말이 떨어지기 무섭게 교수들이 저마다 휴대폰을 꺼내며 어딘가로 전화를 걸었다. 다들 영화계의 인맥을 총동원해 지호를 지원해 주려는 것이다.

이 모습을 지켜보던 마크 파웰은 빙그레 미소를 지었다.

'어느 정도 예상은 했지만… 내 예상을 한참 뛰어넘는구먼.'

Chapter 3
수확의 계절

영국국립영화학교(NFTS) 총장 마크 파웰을 비롯한 교수진은 〈투데이〉 연출팀 전원에게 실습 점수 만점을 부여하기로 결정했다.

교수진 중 한 사람인 닉 바우만은 회의실을 나서는 길, 할리우드 6대 대형 배급사인 워너브라더스 픽쳐스(Warner Brothers Pictures Inc)의 런던 지사 사장 잭 가필드에게 전화를 걸었다.

"형님, 오랜만입니다."

―이게 누구야? 닉! 대체 얼마만인지 모르겠군.

"하하. 현역에서 물러난 후로는 그동안 마음고생이 심했던 아내에게 충실했죠."

—제수씨는 건강하시지?

"물론입니다. 그나저나, 형님이 아시면 구미가 당길 만한 일이 있어서 연락드렸습니다."

—단도직입적인 성격은 예나 지금이나 여전하구먼. 자네가 하는 말이니 공연한 허풍은 아닐 테고… 대체 무슨 일이기에 그러는가?

"알고 계실지는 모르겠지만, 저는 일선에서 물러난 뒤부터 모교인 NFTS에서 교수직으로 몸담고 있습니다."

—음, 소문은 전해 들었네.

"그런데 제자 중 감당 안 될 정도로 특출 난 녀석이 한 명 있어요. 형님이 이 녀석의 길잡이가 되어주셨으면 합니다. 아마 형님한테도 톡톡히 보답을 할 거예요."

호언장담하는 닉을 보며 잭은 내심 생각했다.

'원래 과장하거나 큰소리 떵떵치는 친구가 아니었는데… 나이가 드니 팔불출이 다 됐군.'

그는 실소하며 답했다.

—그럼 어디, 각본을 보내보게. 내 검토해 보도록 하지.

"각본이 아니고 필름입니다. 이미 제작까지 끝났어요."

뜻밖에 대답을 들은 잭은 난감한 기색을 드러냈다.

—자네가 이렇게까지 적극적으로 나서는 걸 보면 그 학생이 유능한 친구란 건 알겠네. 하지만 학생 작품은 곤란해.

"일단 한 번 보시고, 다시 얘기 나누시죠."

닉은 조금도 굽히지 않고 강하게 밀어붙였다. 상대방에게도 분명 도움이 될 거라는 확신이 없으면 보이기 힘든 당당한 태도였다.

잠시 후, 잭이 마지못해 대답했다.

—하… 알겠네. 내 자네 부탁이니 한번 보긴 하겠지만 큰 기대는 말게.

* * *

한편, 영국국립영화학교(NFTS)의 교수 스티브 짐머 역시 워너브라더스와 같은 할리우드 6대 대형 배급사 유니버설 스튜디오의 투자자문 위원이자 자신의 제작사를 가진 파비앙 티라르 감독에게 연락을 취했다.

스티브는 프랑스 유학 당시 파비앙의 연출팀에서 조감독과 음향감독을 역임했던 경험이 있던 것이다.

곧이어 수화기 건너편에서 파비앙의 칼칼한 음성이 들려왔다.

—스티븐. 무슨 일인가?

막 잠에서 깬 목소리에 스티브는 서둘러 손목시계를 확인했다. 이곳 비콘스필드가 오후 7시였으니 파비앙 티라르 감독이 아내의 요양 차원에서 머물고 있는 생피에르 섬은 지금쯤 오후 2시 남짓이었을 터였다. 평소 부지런한 파비앙의 성격상, 뜻밖의 상황이었다.

스티브는 공경을 담아 말했다.

"제 전화 때문에 잠에서 깨신 거라면 죄송합니다, 감독님."

—신경 쓰지 않아도 되네. 얼마 전까지 철야 촬영을 해서 잠깐 졸았던 것뿐이야.

파비앙의 대답을 들은 스티브는 크게 놀랐다.

"예? 철야 촬영이요?"

연후 찾아오는 감정은 걱정이었다.

'설마… 건강에 문제가 있으신 걸까?'

자신이 알기로 파비앙 티라르 감독은 예전에 은퇴했으며, 아내를 돌보느라 복귀할 수 없는 상황이었다. 그렇다고 파비앙 티라르의 아내에게 변고가 생겼을 리도 없었다. 만약 그랬다면 자신이 소식을 모를 리가 없는 것이다.

혼란스러워진 스티브는 조심스레 떠보았다.

"감독님. 요새도 촬영을 하고 계신 겁니까?"

파비앙이 실소했다.

—그러고 보니 자네는 모르겠군! 이유를 다 설명하자면 길

고… 지금은 촬영이 끝났지만, 이번에 영화를 한 편 만들게 됐네. 아, 물론 아내는 건강해.

또렷한 말투만 봐도 다행히 무슨 일이 생긴 건 아닌 것 같았다. 가슴을 쓸어내린 스티브는 헛웃음을 터뜨리며 기뻐했다.

"정말 십년감수했습니다. 그런 좋은 소식을 왜 제게 알려주시지 않은 겁니까? 영화판에 다시 복귀하셨다니요! 저 섭섭합니다, 감독님."

—하하, 서운해 말게. 아주 복귀는 아니고, 죽기 전에 만들어보고 싶은 작품을 만났던 것뿐이야.

"아… 그래도 축하드립니다. 감독님은 제 우상이세요. 감독님의 영화를 볼 수 있다는 것만으로도 제게는 큰 행복입니다. 그리고 세계의 많은 관객들이 저 같은 기분일 겁니다."

—자네의 말솜씨는 세월이 갈수록 더 달콤해지는군.

대수롭지 않게 대답한 파비앙은 이어 물었다.

—단순히 안부만 물으려 전화한 것 같진 않아. 내게 무슨 말을 하고 싶어 죽겠다는 목소리로 들리는데?

"역시 제 생각을 꿰뚫고 계시는군요. 실은 저희 학생과 관련해 감독님께 부탁드릴 일이 있습니다."

—나한테?

"네. 저희 학생 중 지금껏 본 적 없는 천재가 한 명 있습니다. 그 녀석이 이번에 영화를 만들었어요. 그런데 아직 배급사를 만나지 못했습니다. 어디서 배급하든 잘 될 만한 수준을 가진 작품이지만, 비관적인 주제로 인해 서포터를 못 받으면 그저 그런 작품으로 묻힐 수 있다는 생각이 들었습니다. 하지만 유니버설 스튜디오의 배급이라면 충분히 승산이 있다고 봅니다."

—음, 그게 내가 하는 일이지. 우선 필름을 보내보게.

"알겠습니다. 저녁에 메일로 보내고 문자 드리겠습니다. 분명 흡족하실 겁니다."

스티브가 장담하자 파비앙은 낮게 웃었다.

—근래에는 투자자문 위원 직책이 유명무실했는데… 자네 덕분에 배급사로 출근하게 될지도 모르겠구먼.

* * *

영국국립영화학교(NFTS)의 일상은 평소와 다름없었다. 수면 속에서 지진이 일어나고 있을지언정, 아직 수면 밖은 잔잔했던 것이다.

'곧 거센 파도가 학교를 휩쓸 거야.'

빌은 옆에 앉은 지호의 옆모습을 보며 확신했다.

그때, 연기 연출 과목을 전담하고 있는 닉 바우만 교수가 빌과 지호를 호명하며 말했다.

"오늘도 두 사람에게 시범을 부탁해 보겠습니다."

뜨끔한 빌이 지호에게 속삭이며 투덜거렸다.

"네 짝꿍이 되는 바람에 매일 불려 나가 연기를 해야 될 지경에 놓였어."

정확히 말하면 연기를 펼치는 건 지호다.

빌은 지호가 보여주는 문제점을 타파할 방법을 고안해 낸다. 가끔 두 사람이 주고받는 연기가 필요할 땐, 지호와 말라이카가 나가서 시범을 보였다.

지호는 머쓱하게 웃었다.

"미안해. 그래도 학점은 잘 받잖아?"

"그것마저 없었다면 자리를 옮겼을 거야."

빌이 농담조로 말을 받으며 일어났다.

두 사람은 교단 위로 올라갔다.

닉이 그들에게 말했다.

"오늘 지호가 우리에게 보여줄 모습은 현장에서 고집을 피우는 배우입니다."

지호는 바로 떠오르는 사람이 있었다. 〈투데이〉 촬영 초반 애를 먹였던 테일러 빈이었다.

'테일러를 모델로 삼자.'

그는 눈을 잠시 감았다 뜨며 연기에 몰입했다. 촬영 중 부상 위험에도 불구하고 열정이 앞서서 고집을 피우는 배우를 흉내 내자, 강의실이 웃음소리로 떠들썩해졌다.

닉이 이런 시각화 수업을 하는 이유는 집중력을 높이기 위해서도 있지만 지호의 연기적 재능을 알아봤기 때문이기도 했다.

'그냥 썩히기에는 재능도, 외모도 너무 아까워. 그런데 정작 본인은 연기에 관심이 없으니, 원…….'

그래서 생각해 낸 것이 수업 시간을 통해 연기를 시키는 방법이었다.

비록 호흡과 발성, 움직임 등 정통 연기의 기본을 갖추진 못했으니 연기의 대가가 될 수는 없겠지만, 연기의 재미를 느끼기에는 충분할 터였다.

실제로 얼마 전까지 연기를 할 때마다 부끄러워하던 지호는 어느새 연기 자체를 즐기고 있었다.

또 제법 잘해냈다.

그 결과, 보고 있던 강의실 안의 학생들은 웃음을 터뜨리며 바짝 몰입했다. 몇몇은 배우를 어떻게 다뤄야 할지 빌의 입장이 되어 고민해 보기도 했다.

연기가 끝나자 닉이 빌에게 물었다.

"배우의 의견을 수렴해 위험을 감수하고라도 사실적인 연출을 하는 것과 독단적으로 보일 수 있더라도 안전을 확보하고 촬영을 진행하는 것, 어느 쪽을 선택하겠나? 빌이 생각하는 또 다른 해결책이 있다면 그것도 좋네."

그는 빌을 비롯한 학생들에게 질문을 던지고, 학생들은 자신만의 대답을 서로 공유했다. 그에 따라 사고가 확장되고 수업의 즐거움이 더해졌으며 점수는 오로지 '참여율'로만 채점됐다.

지호는 이런 시스템이 마음에 들었다.

'어느 정도 답을 정해두고 그걸 기반으로 수업을 진행하는 것과는 달라. 뭘 가르치나 싶을 정도로 자유로워.'

신세계였다.

한국예술대학교도 한국 내에서 꽤 자유분방한 학교였지만 이론 수업만은 어쩔 수 없었다. 또 그런 불가항력 때문에 여타 학교에 비해 현장 체험 위주의 시스템을 구축하고 있는 것이다.

그러나 영국국립영화학교(NFTS)는 이론 수업마저 아무런 제한이 없었다. 상황이 이렇다 보니 교수들은 아무것도 주입하지 않았다.

닉 바우만은 연기 연출 수업을 마치며 지호에게 말했다.

"괜찮다면 수업 끝나고 잠시 남거라."

머지않아 학생들이 모두 강의실을 빠져나가자 닉이 직설적으로 물었다.

"연기에 자질이 있으면서도 굳이 배워보지 않는 이유를 물어도 될까? 연출을 좋아하는 사람 중 연기 싫어하는 사람 드물고, 연기를 좋아하는 사람 중 연출을 싫어하는 사람은 드물다. 너도 싫어하는 건 아닐 텐데?"

지호는 부정하지 않았다.

"네, 물론이죠. 요새는 오히려 좋아지고 있어요."

"그런데?"

"제가 연기를 배워서 배우보다 연기를 잘 알게 되면 고정관념이 생기겠죠. 제가 알고 있는 방식이 정석이라고 여길 테고요. 단지 연기를 해보는 정도는 배우의 마음을 이해하는 데 도움이 되고 연출에도 유리할 수 있겠지만… 그 이상은 독이 될 수 있다고 생각해요. 아는 만큼 보인다고, 보는 걸 넘어서 배우를 가르치려 들까봐 걱정이 되요."

닉은 그 말이 단숨에 이해됐다.

영화는 다양한 분야의 전문가들이 모여 결과물을 만들어내는 예술이었다. 감독은 분명 현장을 통제하고 지시할 권한이 있지만, 고삐를 당기는 것은 최후의 수단이 되어야만 한다.

'사고방식조차도 좋은 감독 감이야.'

닉의 입가에 미소가 번졌다.

"난 자네가 연기란 예술을 분리해 생각하지 않았으면 좋겠어. 또한 영화라는 예술을 깊이 이해하기 위해선 각본이나 제작, 연출과 연기 등 영화에 관한 모든 분야에 능통해야 한다고 생각하네. 내 판단에 자네는 충분히 그만한 그릇을 가지고 있어."

물론 영화배우 출신 감독들은 국내·외에 셀 수 없이 많았다. 몇몇은 이미 훌륭한 작품을 만드는 명감독으로 자리매김한 상태였다. 하지만 그 반대는 얼마나 될까?

지호의 궁금증을 예측한 듯 닉이 말을 이었다.

"찰리 채플린(Charles Chaplin), 오손 웰즈(Orson Welles), 알프레드 히치콕(Alfred Hitchcock)부터 시작해서 우디 앨런(Woody Allen)이나 쿠엔틴 타란티노(Quentin Tarantino) 또한 영화감독으로 데뷔하고 난 뒤 본격적으로 연기 활동을 하게 됐지. 그렇다고 그들이 모두 배우를 가르치려 들거나 독선적인 연출을 하진 않네."

정확한 예시를 드니 한결 설득력이 있었다. 더구나 지호 역시 닉이 열거한 감독들의 영화를 감명 깊게 봤던 기억이 있었다.

'내가 연기를 한다고?'

최근 연기를 해본 경험상, 구미가 당기긴 했다.

지호의 반응을 유심히 관찰하던 닉은 빙그레 웃으며 그의 어깨를 두드렸다.

"자네의 자질도 아까웠지만, 스스로에게 제한을 두는 모습이 안타까워서 한 말이네. 한번 생각은 해보라고. 자, 그럼 우리도 이제 강당으로 가볼까?"

다음 시간은 외부 명사를 초청해 강연을 듣는 시간이었다. 영국국립영화학교(NFTS)에 초청되는 강사진은 일반적인 학교와 궤를 달리했다. 지난번에는 마크 파웰 총장에게 초청받은 크리스토퍼 놀란(Christopher Nolan) 감독이 직접 방문해 강연을 했었던 것이다.

그때 강의실 문을 나서던 닉이 덧붙였다.

"참, 오늘 행사에는 특별한 이벤트가 기다리고 있네. 기대해도 좋을 거야."

강당에 도착한 지호는 움찔했다. 전혀 예상치 못한 인물이 확 튀는 자주색 정장을 입고 단상 위에 서 있었기 때문이다.

'교수님 말씀처럼 강사부터가 깜짝 이벤트네.'

오늘의 초청 강사는 베니스 영화제에서 만났던 리치 루카스였다.

지호가 기억하는 그는 그저 자기 자랑이 심하고 산만한 사람이었다. 그런데 영국국립영화학교(NFTS) 강단에 설 만큼 실력 있는 감독이었다니.

새삼스럽게 바라보던 지호가 옆에 앉은 빌에게 물었다.

"오늘 초청 강사, 유명한 사람이야?"

"음? 리치 루카스 몰라?"

되물은 빌은 이내 수긍했다.

"하긴, 나랑 같은 북유럽 출신이고 영화제를 주 무대로 이름을 날린 감독님이니까 네가 모를 수도 있겠다. 자신만의 색이 진한 예술영화감독이야. 실력 있는 감독이란 사실에는 이견이 없지만 호불호가 갈리고, 괴짜라는 소문이 있어."

그 옆에 앉은 말라이카 역시 고개만 빼꼼 내밀며 덧붙였다.

"완전 이중인격이라 스태프들도 다 떨어져 나간다던데? 뭐, 소문일 뿐이지만. 어쨌든 지난번 놀란 감독님과 너무 차이가 크지 않아?"

그러나 빌의 견해는 달랐다.

"역시 말라이카는 놀란 감독님한테 푹 빠졌어. 그분이 당대 최고의 감독님 중 한 분은 맞지만, 초청 강연의 목적은 다양한 감독님들을 만나보는 거잖아? 내가 리치 루카스 감독님의 팬은 아니지만, 저 정도면 자격은 있다고 봐."

두 사람의 대화를 통해 생각했던 것보다 자세한 설명을 들은 지호는 그러려니 했다.

그때 리치가 강연을 시작했다.

"영국국립영화학교(NFTS)의 재학생 분들, 모두 반갑습니다.

저는 다섯 살 때부터 카메라를 갖고 놀았고, 열 살에 벌써 시나리오 한 편을 썼던 리치 루카스입니다."

그는 활짝 웃으며 쾌활한 목소리로 강연을 진행했다. 분명 에너지 넘치고 흡인력 있는 강연이었지만, 강의 내용을 되돌아보면 자신의 위대함을 알리는 자서전에 불과했다. 그 결과 대부분 학생들이 선망의 눈길로 그를 보고 있었지만 정작 지호는 심드렁했다.

'그냥 홍미 위주의 모험담 한 편을 들은 기분이야.'

한편 리치는 객석 중간쯤 앉아 있는 지호를 그때서야 발견했다. 확인 차원에서 눈을 가늘게 뜨고 자세히 봤더니 따분한 표정이 시야에 들어왔다.

'그럴싸한 상 한 번 탔다고 제깟 놈이 날 대놓고 무시해? 거만하기 짝이 없군!'

내심 불만을 터뜨린 리치는 마침내 짓궂은 성미가 발동했다. 그는 시계를 확인하는 척하며 말했다.

"원래 예정된 시간보다 강의가 이십 분 정도 일찍 끝났네요. 정해진 룰대로라면 전 이쯤해서 퇴장해야겠지만, 남은 강연 시간을 즐길 만한 아이디어가 하나 떠올랐습니다. 제가 이번 베니스 영화제에 초청을 받아 다녀왔는데, 놀랍게도 이번 영화제에서 황금사자상을 받은 수상자가 NFTS 학생이더군요! 혹시 그 학생도 이 자리에 함께하고 있나요?"

학생들이 술렁이자 리치는 객석을 둘러보며 눈으로 찾는 시늉을 했다.

그러자 객석에 자리하고 있던 빌이 지호를 보며 물었다.

"저분, 지금 너 찾고 있는 거 맞지?"

지호는 당황스러운 표정을 지었다.

'리치 루카스가 왜 날……?'

그 자신도 아직 생각이 정리되지 않은 시점, 팀원들이 산만하게 물어왔다.

"리치 루카스가 널 왜 찾지?"

"그러게, 대체 뭐야?"

지호는 난처하게 웃으며 내심 생각했다.

'어쩌지? 이대로 모르는 척 앉아 있기도 뭐한데…….'

아무도 나오지 않자 리치가 재차 말했다.

"이런, 전교생이 다 모인 걸로 알고 있는데 그 학생만 이 자리에 없나 보네요."

다른 사람들은 눈치채지 못했겠지만, 지호는 그가 빈정대고 있다는 것을 알 수 있었다.

'공항에서 봤을 땐 작별 인사까지 해놓고… 날 일부러 곤란하게 만드는 이유가 뭐야?'

왜 타깃이 된 건진 몰라도, 한 방 먹었으니 카운터로 돌려줘야 한다. 다짐한 지호는 자리에서 일어나 학생들의 박수를 받으며 단상으로 나갔다.

이쯤 되자 오히려 리치가 당황했다.

'거부하지 않고 순순히 나오시겠다? 내가 부를 줄 생각지도 못 했을 텐데?'

지호가 나타나자 그는 크게 말했다.

"하하, 자리에 있었군요! 황금사자상을 받은 주인공을 모신 김에, 다 같이 한마디 청해볼까요?"

지호를 알아본 학생들은 지호의 이름을 호명하기 시작했다. 그리고 머지않아 객석 가득히 지호의 이름이 울려 퍼졌다.

리치는 회심의 미소를 지으며 돌아가는 상황을 지켜봤다.

'아무 말도 준비하지 못했을 텐데, 망신살이 좀 뻗칠 거다.'

한편 지호는 풀리지 않는 의문을 떠안은 채 단상을 차지했다.

"반갑습니다. 저는 한국예술대학교에서 온 교환학생 신지호입니다."

당당하게 인사를 했지만 도무지 할 말이 떠오르지 않은 그는 잠시 멈칫했다.

"……."

침묵이 지속되자, 이내 객석에서 수군거리는 소리가 들려왔다.

'그래, 이렇게 꿀 먹은 벙어리처럼 서 있느니 무슨 말이라도 하자. 섬광 기억의 힘을 빌리면 뭐든 나오겠지.'

지금껏 읽은 서적들의 감명 깊었던 부분을 토씨하나 안 틀리고 기억하는 지호에게 즉흥 강연은 생각보다 어려운 일이 아니었다.

그는 인용구를 적절하게 활용하며 점차 목소리에 자신감을 얻어갔다.

단상 아래서 그 모습을 지켜보던 리치는 눈을 부릅떴다.

'이 자식 뭐야? 지금 상황을 예상이라도 한 것처럼……!'

그는 서둘러 주위를 둘러봤다.

학생들이 모두 홀린 듯이 지호의 말을 경청하고 있었다. 강연은 짧지만 강렬했다. 리치의 강연을 뇌리에서 소멸시킬 만큼 특별했다.

지호는 어느새 마지막 정리 멘트를 날리고 있었다.

"…앞서 말씀드렸던 것처럼 일부 선배 영화감독들은 이렇게 이야기합니다. '영화 학교에 다니는 데에 5만 파운드를 쓸 바에는 5천 파운드로 영화를 만들어 보라'고 말이죠. 그들의 조언이 모두 정답은 아니겠지만 우리가 이곳에서 5만 파운드를 낭비하지 않기 위해선 정신 바짝 차려야 할 것 같습니다."

강연이 끝나자마자 뜨거운 박수와 환호성이 쏟아졌다. 단순 재미만 있고 내용은 부족했던 리치의 강연을 날려 버리는 호응이었다.

영국국립영화학교(NFTS) 교수진들이 앉은 좌석 반응도 다르지 않았다. 그중 닉 바우만은 특히 더 흐뭇한 미소를 지었다.

'정작 내가 말한 이벤트는 시작도 안 했는데, 스스로 빛나 버리면 어쩌자는 거야? 후후.'

홍미롭던 리치와 지호의 콜라보 강연이 끝나자, 행사 일정은 원래 정해져 있던 순서로 진행됐다. 마크 파웰 총장이 단상에 올라간 것이다.

"총장님, 여기 있습니다."

지호에게 마이크를 받은 마크 파웰이 빙그레 웃었다.

"고맙네. 훌륭한 강연이었어."

"감사합니다."

고개를 끄덕인 마크 파웰은 마이크를 대고 입을 열었다.

"총장 마크 파웰입니다. 좋은 이야기를 들려준 초청 강사 리치 루카스 감독과 신지호 학생에게 다시 한 번 큰 박수 부탁드립니다."

재차 박수 소리가 들려오고 잦아들었다.

마크 파웰은 미소를 띤 채 말을 이어나갔다.

"오늘은 특별히 더 경사스러운 일을 전하게 되었습니다. 앞서 리치 루카스 감독이 소개했던 대로 신지호 학생이 이번 베니스 영화제에서 황금사자상을 수상하게 됐죠. 베니스 영화제 사상 최연소 수상자였으며, NFTS 역사에도 전례 없는 일이었습니다. 따라서 교수진과 회의 결과 우리 학교 측은 신지호 학생에게 공로패를 수여하기로 결정했습니다. 신지호 학생은 오늘 무척이나 바쁘군요."

열기를 더한 환호성 속에 휘파람도 간간이 섞여들었다.

지호가 공로패를 받자 마크 파웰이 말을 이었다.

"아직 내려가긴 이릅니다. 전해야 할 기쁜 소식이 더 있어요. 아, 소감도 들어야 하고 말이죠."

그는 이어 단상 아래를 보며 한 사람을 더 불렀다.

"닉 교수님? 기쁜 소식을 직접 전해주시죠."

이번에는 닉 바우만이 올라와 마이크에 대고 말했다.

"닉 바우만입니다. 먼저 각종 영화 정보 매체들보다 빠르게 놀라운 소식을 전할 수 있어서 영광입니다. NFTS에 전례 없던 일이 또 한 번 일어났습니다. 2학년 중 유일하게 팀원 전체가 실기 점수 만점을 받은 그룹이 있었죠? 바로 B그룹이 만든 〈투데이〉 상업화가 결정되면서 할리우드 6대 대형 배급사 중 두 곳인 워너브라더스 픽쳐스와 유니버설 스튜디오의 러브콜을 받게 되었습니다! 두 곳 모두 공통 투자·배급할 용의가 있다고 의사를 전해왔답니다. 두 배급사의 로고를 한 영화에서 나란히 볼 수 있게 된 것이죠."

박수갈채가 쏟아졌다.

"그럼, 이쯤에서 소감 한마디 듣죠."

닉이 비켜서자 지호가 떨리는 심정으로 입을 열었다.

"정말 상상도 못 했습니다. 안 그래도 배급사를 구하는데 애를 먹고 있었거든요. 학교 측에서 해주신 배려는 제게 가장 필요하고 뜻깊은 선물이라 할 수 있습니다. 그리고 일일이 열거할 수는 없지만 많은 우여곡절이 있었던 현장에서 물심양면으로 서로 도우며 영화를 완성한 우리 팀원들에게도 감사를 전합니다."

팀원들이 나란히 앉아 있는 좌석이 눈에 들어왔다. 그들 모두 상기된 얼굴로 환호하며 박수를 치고 있었다. 지호는 멀리 떨어져 있었지만 기분을 공유할 수 있었다.

한편 리치는 얼굴이 참혹하게 일그러졌다.

강연에서 뒤졌을 때도 자신은 수준이 다르다며 내심 위안을 했었다. 그런데 지호는 자신도 이뤄본 적 없는 족적을 남기게 된 것이다.

'도대체 얼마나 잘 만들었기에 다들 저 난리야?'

그는 궁금한 건 못 참는 성미여서, 단상을 내려온 지호에게 말을 붙였다.

"하하, 축하합니다! 일전 공항에서는 제가 실례를 범했어요."

리치는 당시 고자세를 유지하며 지호에게 자신의 팀으로 들어올 것을 제안했었다.

그때를 떠올린 지호가 어깨를 으쓱였다.

"신경 쓰지 않으셔도 됩니다. 오히려 좋은 제안을 해주셔서 감사하죠."

"하하, 역시 시원시원하군요. 그렇게 말해주니 이제야 속이 좀 편합니다. 그나저나 부탁이 하나 있는데……."

리치가 말끝을 흐리자 지호가 답했다.

"네, 말씀하세요."

고개를 끄덕인 리치는 기다렸다는 듯 말했다.

"〈투데이〉라고 했나요? 그 작품, 제가 좀 보고 싶은데요."

"아, 그건 힘들 것 같습니다."

지호는 짐짓 난색을 표하며 말을 이었다.

"이미 학교 측에 넘기기도 했고, 상영하기도 전에 필름을 외부로 돌릴 순 없는 노릇이니까요."

"나도 영화 학교를 다녀봤습니다. 필름이야 연출이 원하면 언제든 받을 수 있는 거고… 아직 잘 모르나 본데 많은 감독들이 관객 시사회 전, 관계자 시사회를 합니다. 조언을 얻고 편집이 잘못된 부분이라거나 부족한 부분을 메우기 위해서요. 반응을 더 살리고 불안을 제거할 좋은 기회가 아닙니까?"

리치의 장황한 요구에도 지호는 단호한 태도로 맞섰다.

"죄송합니다. 영화 자체에 반전이 들어가 있어서… 나중에 상영관에서 보시는 편이 좋을 것 같습니다."

그는 빙그레 웃으며 덧붙였다.

"어디 계시든 보실 수 있도록, 배급사에 폭 넓은 마케팅을 요청하겠습니다."

* * *

초청 강연 이후 지호는 완전히 교내 스타가 되어 있었다. 어딜 가든 다른 학생들이 인사를 건넸으며 종종 싸인을 받아가기도 했다.

오늘도 식당에서 그 모습을 보던 말라이카가 중얼거렸다.

"이야, 신지호 인기가 대단하네. 나도 저 정도는 아니었는데……."

유명한 톱모델이었던 그녀는 작년 입학 당시부터 각광을 받았다. 싸인을 받는 학생들도 심심찮게 보였다. 그러나 단순히 이채로운 시선이었을 뿐, 지호한테처럼 노골적인 선망과 동경심을 드러내는 학생들은 드물었다.

맞은편에서 팬케이크를 먹던 앤이 거들었다.

"우린 네 덕분에 존재감이 많이 흐려졌어. 그게 더 편하다가도 막상 관심을 다 뺏기니 좀 서운할 때가 있네. 말라이카, 너도 이런 기분이지?"

말라이카는 고개를 끄덕였다.

"원톱을 원한 건 아니었는데 원톱이 들어와 버렸잖아? 함께 경쟁하기에는 너무 혼자 앞질러 가 있어."

그때 빌이 머리에 물기가 채 다 마르지 않은 모습으로 식당에 들어섰다. 그는 달콤한 샴푸 향을 풍기며 지호의 옆자리에 앉아 속삭였다.

"어제 카페에 갔었어. 여기, 너한테 온 편지."

수신인은 네러티브 제작사의 제임스 페터젠이었다. 그는 〈톱스타와의 일주일〉 제작 프로듀서였다.

"먼저 실례할게."

팀원들에게 양해를 구한 지호는 먼저 식당을 나섰다. 그는 주변에 아무도 없는 것을 확인하곤 편지를 펼쳐 읽어 내려갔다.

친애하는 미스터 블루.

우리가 다시 만날 날이 가까워졌습니다. 〈톱스타와의 일주일〉이 아카데미 시상식 각본상 후보에 올랐다는 소식을 들었거든요.

제법 정확한 소식통을 통해 얻은 정보이니 신뢰해도 될 것 같습니다.

그럼 참석 의사를 기다리고 있겠습니다.

* * *

네러티브 제작사를 시작으로, 나머지 두 곳에서도 연달아 연락이 왔다. 아카데미 시상식에 참석해 달라는 내용이었다.

그 시기 지호는 크리스마스 방학(12월 중순~1월 중순)을 앞두고 학업에 전념했다.

방학이 끝나면 교환학생 일정이 끝나고, 다시 한국으로 돌아가야 했기에 더욱 열성을 다하는 것이다.

지호는 오늘도 영어로 빼곡한 노트를 던져둔 채 기지개를 켰다.

"이것도 보통 일이 아니네."

평소 교수들의 말은 빠르고 난해했고, 초청 강사들은 세계 각지의 억양을 구사했다.

한국에서 공부 좀 했다고 따라잡을 수 있는 수준이 아니었던 것이다. 때문에 지호는 수업 내용을 토씨 하나까지 모조리 베껴 쓰고, 섬광 기억으로 찍어냈다.

'이 능력이 없었더라면 몇 배로 힘들 뻔했어.'

영국의 시험제도는 한국과 완전히 달랐다.

우선 교양과목이 전혀 없고 재수강 제도도 없었다. 학점은 총 여섯 등급으로 나뉘며, A학점 이상 퍼스트 클래스(Frist Class, 1.1)에 속하려면 70점을 넘겨야 한다. 그만큼 학점에 인색하다는 의미기도 했다.

교수들은 한 차례의 기말시험으로 점수를 매기는데, 영국 국립영화학교(NFTS) 같은 예술 학교의 경우에는 추가적으로 실기 시험을 치른다.

〈투데이〉 팀원들 역시 이 실기 시험에서 만점을 받은 것이다. 그러나 기말시험은 각자 스스로 해결해야 했다.

"후… 다시 시작해 볼까?"

지호는 긴 한숨을 내쉬며 다시 공부에 열중했다.

몇 시간이 지난 이른 새벽, 옆자리에서 스탠드를 켜두고 공부하던 빌이 불쑥 물었다.

"지호, 이번 시험은 어떨 것 같아?"

그에 책상을 정리하던 지호가 답했다.

"글쎄. 수업은 열심히 들었으니까 점수도 잘 나오지 않을까?"

"역시 자신만만해. 지난 학기 기말시험은 만점이었지?"

"운이 좋았지."

"룸메이트한테까지 너무 겸손할 필요는 없다고."

대답을 아낀 지호는 공부를 마무리하고 영화를 재생하며

물었다.

"넌 어때?"

빌이 울상을 지었다.

"그럴 리가 없잖아. 이번 시험 난이도는 엄청나게 어려울 거라는 소문이 파다해. 그것도 우리 학년만! 전에 비해 평균 점수가 올라서 교수님들이 작정을 하신 거지."

지호는 크게 걱정하지 않았다. 전공 서적과 수업 내용이 본을 뜬 것처럼 머릿속에 선명하게 각인되어 있었기 때문이다.

'기대 돼.'

누군가에게는 점수 채우기에 급급한 시간이 준비된 지호에게는 설레는 시간이었다.

시험을 향해 달리는 시간은 다른 때보다 빠르게 체감됐다. 그리고 마침내 시험 당일, 지호는 빌과 함께 기말시험이 치러지는 시험장으로 움직였다.

한국과 달리 영국에선 강의실이 아닌 대형 강당에서 시험이 진행된다. 또한 입실 즉시 학생증 검사를 시행하며, 학생증, 펜, 물을 제외한 소지품은 소지할 수 없었다. 만약 커닝 행위가 적발될 경우 영구 퇴학 처분까지 징계를 받을 수 있었다.

'숨 막히는 분위기는 여전하네.'

배정된 자리에 앉아 이런저런 생각을 하는 사이 감독관 닉 바우만 교수가 들어섰다.

그는 간단한 주의 사항을 알려준 뒤 곧바로 시험지를 배부했다.

시험지를 받은 지호는 이번에도 거침없이 문제를 풀어나갔다.

특별한 초능력을 가졌음에도 불구하고 다른 학생들보다 많은 시간을 투자하며 노력한 성과는 폭발적이었다.

마침 지호 곁을 지나치던 시험 감독관 닉은 내심 미소를 지었다.

'거참… 누가 보면 오픈 북을 하는 걸로 착각하겠어.'

단독 선두로 질주한 지호는 가장 먼저 시험을 마쳤다. 그 후 한참이 지나서야 첫 시간이 끝났고, 연기 연출 과목의 감독관인 스티브 짐머 교수가 들어왔다.

시험지 뭉치를 들고 교대하던 닉이 그에게 말했다.

"지호는 여전하더군. 뒤에 앉은 녀석이 커닝을 할까 조마조마했네."

"하긴, 앞에서 술술 풀어내는 펜 소리가 들려오면 시선이 향할 법도 하죠. 양옆에 앉은 학생들도 꽤나 심란했을 겁니다."

"그렇겠지. 덩달아 조급해질 테니 집중하는 데에도 방해가 됐을 게야."

"운도 실력이니 자리 배치를 탓할 순 없죠."

스티브의 결론을 들은 닉은 고개를 끄덕였다.

실제로 지호의 압도적인 실력은 주위에 영향을 끼쳤다. 지난 시험만 하더라도 지호 주변에 앉은 학생들만 어이없는 실수를 저질렀던 것이다.

교대한 스티브는 시험지를 배부했다. 그리고 이내 펜이 종이를 긁는 소리가 들려왔다.

사각, 사각, 사각…….

지호는 이번에도 거침없이 정답을 써내려 갔다.

*　　　*　　　*

며칠 후 기말시험 결과가 나왔다.

지호는 이번에도 어김없이 A+로 퍼스트 클래스 라인에 들어갔다.

아깝게 B를 받은 빌은 고개를 절레절레 저었다.

"여유롭게 만점이라니… 반칙 아니야?"

"NFTS 역사상 최초가 아닐까?"

앤이 거들자 말라이카 역시 동조했다.

"아마 그럴 거야. 난이도를 올리든 말든 두 학기 연속 만점이라니……."

그녀들조차 이번에는 70점대 A를 받아 간신히 퍼스트 클래스에 포함됐다. 그마저도 실기시험에서 만점을 기록하지 못했다면 어퍼 세컨드 클래스(Upper Second Class, 2.1)에 들었을 터였다.

그러나 빌이 보기에는 두 사람 모두 배부른 감탄이었다. 잘난 동기들을 보던 그는 약간 망연자실해서 말했다.

"이번 학기 퍼스트 클래스는 너희 셋뿐이라고."

한편 영국국립영화학교(NFTS) 학생들의 선망과 질시를 한 몸에 받게 된 지호는 정작 성적을 깨끗이 잊어버렸다.

쉴 틈 없이 더 큰 사건이 닥쳐온 것이다. 학교 기숙사에서 아카데미 시상식 공식 홈페이지에 접속한 그는 눈을 부릅떴다.

"결국 됐어."

홈페이지에는 지호가 시상자로 정해졌다는 소식이 발표돼 있었다.

'그래, 아카데미 시상식이 아무나 설 수 없는 자리라는 건 분명해.'

막상 자신이 시상자로 확정되자, 지호는 가슴 부근에서 뜨거운 무언가가 치미는 것을 느꼈다. 남들이 뭐라던 한국인 최초의 아카데미 시상식 시상자였기 때문이다.

그때 빌이 물었다.

"뭐가 됐다는 거야?"

"빌, 이것 좀 봐."

지호는 노트북을 보여주었다.

천천히 내용을 읽어보던 빌은 한 대목에서 눈을 부릅떴다.

"시상자 신지호?"

"응, 그렇게 됐어."

"말도 안 돼… 아직 신인감독인 네가 그 자리에 선다고?"

"아카데미 시상식은 다양성을 잃고 미국인들만의 축제가 되어버렸다는 평을 듣고 있더라고. 그런 부정적인 이미지를 탈피하기 위해 소수 동양인 감독과 배우를 본보기로 내세운 건데, 그중에 내가 얻어걸린 거지."

"이게 웬일이래?"

감탄을 터뜨린 빌이 물었다.

"룸메이트인 나도 감쪽같이 모르고 있었으니 다른 애들이야 말할 것도 없을 테고… 교수님들은 알고 계셔?"

"아니, 직접 얘기한 적은 없어. 나도 오늘에서야 결과를 알게 됐으니까."

"축하해! 이러다 영화제 시상식 초청장으로만 세계 일주라도 할 기세네."

그렇게 말한 빌은 생각을 정리하던 중 눈을 휘둥그레 뜨며 물었다.

"잠깐! 혹시 네 각본이 상이라도 받게 되면 어쩔 셈이야?"

"글쎄, 재밌는 해프닝이 되지 않을까?"

가볍게 대답한 지호의 머릿속에 한 사람이 떠올랐다.

'리나 프라다, 그녀도 오겠지.'

머리를 흔들어 잡생각을 떨쳐낸 그는 앞으로의 일정을 노트에 정리했다.

크리스마스 방학이 시작된 지금 지호의 교환학생 일정은 사실상 끝난 것과 다름없었다. 이제 아카데미 시상식에 참석하려면 2월 전 미국으로 갔어야 했다. 또 3월이면 한국예술대학교는 개학한다.

"한 세 달 동안은 눈코 뜰 새 없이 바쁘겠네."

태연하게 혼잣말하는 지호를 보며 빌은 금발을 헤집었다.

'지호는 정말 굉장해!'

* * *

마침내 영국국립영화학교(NFTS)에서의 1년 일정을 모두 마친 지호는 닉 바우만을 찾아가 말했다.

"교수님. 한국으로 돌아가기 전에 인사드리러 왔습니다."

"그래, 시간이 참 빠르구나."

닉의 머릿속에 그간 일들이 파노라마처럼 펼쳐졌다. 교환학생임에도 불구하고 재학생보다 더 우수한 모습을 보였던 학생이 지호였다.

"연기와 연출… 두 방면에서 너처럼 뛰어난 학생을 본 건 처음이었다. 이제는 교수가 아닌 관객으로서 네가 만들 영화들을 응원하고 기대하마."

"감사합니다."

지호는 그대로 서서 말을 이었다.

"교수님, 실은 인사 외에도 드릴 말씀이 있습니다. 얼마 전에 제가 아카데미 시상식의 시상자로 선정되었어요."

예상 외로 닉은 별로 놀라지 않았다.

"음, 이미 알고 있었다."

"네?"

"넌 모르겠지만 이곳 교수들은 꽤 많은 저명인사들을 알고 있지. 직접 말해줄 때까지 기다렸다. 네가 내 제자란 건 변함없는 사실이지만 교환학생 일정도 끝난 데다, 이건 네 개인적인 성과잖니."

닉이 빙그레 웃으며 덧붙였다.

"넌 자격이 충분하니 가서도 주눅 들지 말거라. 네가 당당하게 임한다면 견문을 넓힐 수 있는 좋은 기회가 될 게야."

마음이 따뜻해진 지호는 눈시울이 붉어졌다. 영국국립영화학교(NFTS) 교수들은 그가 교환학생임에도 아무 차별 없이, 오히려 더 신경 써주었던 것이다.

지호는 진심을 담아 작별 인사를 전했다.

"그동안 감사했습니다, 교수님."

이후 스티브 짐머 교수를 비롯한 말라이카, 앤, 스티브 등에게 인사한 지호는 마지막으로 마을카페 'There'에 들러 주인장 잭과 한참 티타임을 가졌다.

일 년의 영국 생활과 이별한 지호는 모두와 작별 인사를 하고 나니, 시원섭섭한 마음이 들었다.

* * *

기숙사 마지막 날.

지호는 다음날 미국으로의 출국을 위해 짐을 정리하고 있었다.

한편 빌은 지호를 볼 때마다 훌쩍거렸다.

"우리 이제 언제 다시 만나지?"

피식 웃은 지호가 휴대폰을 흔들었다.

"종종 국제전화도 이용하자고."

"이 구닥다리 같은 녀석! SNS 좀 하라니까 끝끝내 안 하더라?"

"미안, 도저히 나랑은 안 맞아서."

빌은 한숨을 푹 내쉬었다.

"그래도 내가 만들어 준 계정은 있지? 글 남길 테니까 종종 확인만 해. 동기들도 내가 전부 친구로 등록해 놨어."

"응, 그럴게. 항상 고마워, 빌."

그날 지호는 미국으로 떠나기 전, 영국에서의 마지막 밤을 보냈다.

언제 잠이 들었을까? 깊숙한 곳에 자리 잡고 있던 기억 조각이 수면 위로 떠올랐다. 꿈인지 현실인지 분간하지 못하는 와중, 흐릿한 남녀의 모습이 보였다. 두 사람은 어린 지호를 사이에 앉히고 행복한 미소를 띠고 있었다.

'엄마, 아빠.'

지호는 본능적으로 알 수 있었다.

서로 손을 맞잡은 세 식구는 자욱한 구름 속을 벗어나 맑은 밤하늘로 날아갔다. 순간 휘영청 떠 있는 보름달이 금색으로 환하게 빛나며 주위의 무수한 별들을 빨아들였다. 그 순간 달이 폭발하며 번쩍 뿜어진 빛무리가 어린 지호를 집어삼켰다.

부모님의 손을 놓치는 것을 끝으로, 지호는 무언가 뜨거운 것이 볼을 타고 흐르는 느낌을 받으며 슬며시 눈을 떴다.

'왜 이런 꿈을 꾼 거지?'

그는 덤덤히 눈물을 닦아냈다. 사고 당시 끔찍한 기억이 꿈으로 나왔던 적은 많았지만, 부모님이 등장하는 꿈들 중 이런 초현실적인 꿈은 이번이 처음이었다.

지호는 심란한 마음에 몸을 일으켰다. 몸이 진땀으로 흥건했다. 이내 고개를 내저은 그는 찬바람이 부는 창문을 활짝 열고 하늘을 향해 중얼거렸다.

"걱정 마세요. 잘하고 돌아갈게요."

Chapter 4
아카데미 시상식

지호는 영국국립영화학교(NFTS)가 소재한 비콘스필드를 떠나 런던으로 갔다. 그는 소설 〈투데이〉의 출판사인 '런던 퍼블리싱'에 들러 소설가 필립 코코와 닐 대니를 만났다.

일전에 만났던 디저트 카페에서 재회한 닐이 진지하게 운을 뗐다.

"보내주신 영화 〈투데이〉는 작가님과 편집장님과 함께 봤습니다."

코코가 그 말을 받았다.

"맞습니다."

그는 입가를 씰룩이다 결국 웃음을 터뜨리고 말았다.

"하하! 정말이지 제 작품을 이렇게 빛내주실 줄은 상상도 못 했습니다."

닐은 고개를 주억거리며 거들었다.

"암요, 그렇고말고요! 어느 작품이든 제 주인을 잘 만나야 빛이 나는 법이지요. 하하!"

작품의 성패를 걱정하던 이전 모습은 온데간데없었다. 영화가 개봉되지도, 소설이 재출간되지도 않았지만 두 사람의 표정은 편안해 보였다.

지호는 마주 웃으며 고개를 저었다.

"저희 작품이 마음에 드셨다면, 그건 원작의 스토리가 탄탄해서 가능했던 일입니다."

코코가 손사래를 쳤다.

"제 성격이 원래 겸손한 편은 아니지만 양심은 있습니다. 제가 글을 쓰며 상상했던 장면들을 영화로 본다는 건 너무나 설레는 일이었어요. 하지만 막상 영화를 보면 불만족스러울 거라고 생각했습니다. 영화가 상상력을 제한한다고 생각했으니까요. 그런데 이게 웬걸? 영화의 연출력이 소설을 뛰어넘을까 기쁜 한편에 불안해지기까지 하더군요."

고개를 주억거리며 듣고 있던 닐이 서류 가방에서 계약서를 꺼냈다. 예전에 지호가 싸인하지 않고 보류해 두었던 그 계약서였다.

"그땐 저희 쪽에서도 좋은 조건을 내걸 수 없었지만, 오늘은 감독님이 원하시는 대로 계약을 해도 된다는 허락을 받고 나왔습니다."

"제가 원하는 대로요?"

지호가 놀라자 닐이 활짝 웃었다.

"네, 원하시는 퍼센티지를 정하시면 저희 측에서도 최대한 맞춰드리겠습니다."

그 말을 들은 지호는 잠시 고민했다.

손해 보며 계약할 필요는 없었지만, 그렇다고 욕심이 많은 편도 아니었기 때문이다.

잠시 후, 그가 말했다.

"60퍼센트 정도 받았으면 합니다."

닐은 껄껄 웃었다.

"알겠습니다! 역시 시원시원하시네요. 앞으로도 저희 쪽에서 영화화될 만한 작품이 있으면 연락드려도 될까요?"

"하하, 당연하죠. 보내주시면 검토해 보겠습니다."

이후에도 대화는 훈훈하게 진행됐다. 계약에 관한 대화가 오가자 꿀 먹은 벙어리처럼 조용히 눈치를 살피고 있던 코코는 지호의 두 손을 맞잡으며 말했다.

"감독님 덕분에 영화화를 해보고 싶었던 꿈을 이루었습니다. 혹시라도 앞으로 제 도움이 필요한 일이 있으면 언제든 찾아주세요!"

* * *

'런던 퍼블리싱'과의 미팅을 마지막으로 영국을 떠난 지호는 미국 캘리포니아 로스앤젤레스로 향하는 비행기 안에서 아카데미 시상식 시상자 대본을 외웠다.

'생각보다 거리가 꽤 있네.'

도착까진 열 시간도 더 걸렸다.

지호는 로스앤젤레스 국제공항에서 입국 수속을 밟은 뒤 시상식이 열리는 할리우드로 향했다. 이내 목적지에 도착한 그는 허름한 모텔에 짐을 풀고 피로를 이기며 밖으로 나왔다.

"역시 미리 오길 잘했어!"

만약 시상식 리허설 일정에 딱 맞춰 왔다면 관광은 물 건너갔을 것이다.

명예의 거리(Walk of Fame) 바닥에는 할리우드 영화 산업에 공헌한 인물들의 이름이 새겨진 별 문양들이 있었다.

그 길을 따라 걷는 동안, 영화 캐릭터로 분장한 사람들이 많이 보였다. 그들은 관광객들에게 팁을 받고 함께 사진을 찍어주었다.

지호는 할리우드 거리를 눈에 담으며 유일하게 자신의 정체를 알고 있는 제임스 페터젠에게 전화를 걸었다.

제임스는 전화를 받자마자 반겼다.

—미스터 블루! 벌써 LA에 도착하신 겁니까?

"하하, 네. 지금 명예의 거리입니다."

—잘됐네요. 저도 마침 근방에 도착해 있습니다. 음… 삼십 분 뒤 차이니즈 시어터(Chinese Theatre)에서 뵙죠. 길을 쭉 따라오시면 중국 사원같이 생긴 곳이 나올 겁니다.

"네, 잘 찾아갈게요! 잠시 후에 뵙겠습니다."

이미 길을 따라 걷고 있던 지호는 약속 시간보다 일찍 차이니즈 시어터에 도착했다.

사람들이 잔뜩 몰려 구경하는 곳 바닥에는 프린팅된 배우들의 손자국과 발자국이 보였다.

사람들 틈에 섞여 있던 지호는 그중 옛 배우들이 남긴 프린팅을 주의 깊게 살폈다.

아직 활동하는 사람도, 은퇴한 사람도, 세상을 떠난 사람도 있었다. 그러나 그들 모두 영화를 통해 이 세상에 이름을 남겼다는 것만은 같았다.

"영화는 영원히 기억된다."

지호의 심장이 빠르게 뛰기 시작했다.

영화는 시간을 멈추거나 거스를 수 있다. 과거를 여행하는 것도, 미래를 엿보는 것도, 사상을 말하는 것도, 젊음을 간직하는 것도 가능하다. 무궁무진한 것들을 담아낼 수 있다.

그리고 이 모든 것들은 잊히지 않는다.

멍하니 넋을 놓고 있는 그때, 누군가 지호를 불렀다.

"미스터 블루."

고개를 돌려보니 말끔한 차림의 제임스 페터젠이 서 있었다.

"제임스, 안녕하세요."

빙그레 웃은 제임스가 주위를 둘러보며 제안했다.

"사람이 너무 많군요. 우선 자리를 옮깁시다."

지호도 같은 생각이었기 때문에, 두 사람은 근처 디저트 카페로 들어갔다.

주문을 마친 제임스가 먼저 입을 열었다.

"각본상 후보로 오른 것까진 알고 있지만 경쟁작이 뭔지, 수상할 수 있을지 아무것도 정해지지 않은 상태입니다. 하지만 일단 계획은 세워놔야겠죠. 만약 이번에 수상을 하게 된다면 모습을 드러내실 의향이 있으십니까?"

"그렇게 되면 당연히 정체를 밝혀야겠죠. 그런데 걸리는 점이 하나 있습니다."

"걸리는 점이요?"

"네, 실은……."

말끝을 흐리며 뜸을 들이던 지호가 어렵사리 말을 이었다.

"제가 영화제에서 시상을 맡게 됐습니다. 그런데 하필이면 감독상과 각본상 파트예요."

"예? 그게 무슨… 대체 이게 어떻게 된 일입니까?"

"베니스 영화제에 갔을 당시 제안을 받았었고, 결국 승낙해 시상자로 선정됐습니다. 제가 각본상 수상자를 발표하게 될 줄은 상상도 못 했거든요."

누구라도 예상치 못했을 것이다.

지호가 처한 상황 자체가 그만큼 특이했다.

"으음……."

잠시 고민하던 제임스가 말했다.

"뭐, 원래 세상살이가 다 짓궂은 것이지요. 그렇다고 지금 와서 시상자를 교체해 달라고 할 수도 없는 노릇이니… 이제는 만약 자기 자신에게 상을 주는 해프닝이 생기더라도 어쩔 수 없게 됐습니다. 하하, 이거야 원."

그는 대화 말미에 허탈한 웃음을 터뜨렸다. 주최 측에서야 예정되지 않은 이벤트를 당황스럽게 여기겠지만, 관객들은 분명 즐거워할 것이다.

긍정적으로 해석한 제임스가 활기차게 덧붙였다.

"오히려 득이 될지 모릅니다. 시상식에 참여한 누구도 잊지 못할 밤이 될 테니… 아카데미 시상식 이야기만 나왔다 하면 앞으로도 두고두고 회자될 만한 일을 만드는 겁니다."

*　　　　*　　　　*

아카데미 시상식은 매년 할리우드 앤 하이랜드 내의 돌비 극장에서 치러진다.

대낮부터 극장 앞 레드 카펫은 할리우드 스타들로 북적였다. 그 향연을 좇아 카메라 플래시가 쉼 없이 터졌다.

눈부신 여배우들의 드레스 비용만 20억 원을 호가하는 화려함의 극치. 아카데미가 시상식 하루 동안 들이는 비용만 400억 원이 넘는다.

그 어마어마한 규모에 지호마저 놀랐다.

"TV 중계로만 봐도 대단한데, 이건 기대 이상이네요."

함께 도착한 제임스는 빙그레 웃었다.

"대단하죠. 그럼 전 이만 가보겠습니다. 괜히 함께 있다가 발표 전에 정체를 들키면 곤란하니까요."

"네. 이따 뵐게요!"

지호는 성큼성큼 극장으로 들어갔다. 극장 안은 무수한 스타들이 포토 타임을 갖는 밖의 풍경만큼이나 치열하고 분주해 보였다.

한편 지호를 발견한 행사 진행 요원은 책임자에게 무전을 때렸다.

"신지호 감독님 도착하셨습니다."

—리허설 진행하고 대기실로 안내해 드려.

"알겠습니다."

짧게 대답한 그는 지호 곁에 다가가 말했다.

"신지호 감독님. 지금 진행 중인 리허설이 끝나는 대로 무대에 올라가시면 됩니다. 수상 후보자 명단은 시상식 때 받으실 최종 대본에 적혀 있으니, 지금은 일단 건너뛰셔도 좋습니다."

"네, 그렇게 하겠습니다."

덤덤하게 대답한 지호는 무대로 올라가서 연습한 대로 리허설을 시작했다.

잠시 후 아래서 팔짱을 끼고 지켜보던 진행 요원이 눈을 크게 떴다.

"어라? 생각보다 말하는 게 유창한데?"

단순히 문법에 맞게 말하는 것과 적절한 농담을 구사해가며 말하는 건 천지 차이였다. 머릿속에 문장을 정리하는 과정을 거치고 말을 뱉는 사람들은 이런 언어의 장벽을 완전히 넘기 힘들어 했다. 그런데 지호는 능수능란하게 멘트를 날리고 있는 것이다.

"영국에서 왔다더니… 오래 유학을 했나보군"

진행 요원은 그렇게 단정 지었다.

머지않아, 리허설을 끝낸 지호는 무대 뒤에서 대기했다. 그 사이 빈 객석이 하나둘 채워져 갔다.

호기심 많은 지호는 커튼 밖으로 고개를 내밀며 앞 좌석에 앉은 이들의 얼굴을 확인했다.

'리들리 스콧(Ridley Scott), 토니 스콧(Tony Scott), 제임스 캐머런(James Cameron), 앤서니 홉킨스(Anthony Hopkins), 메릴 스트립(Meryl Streep)…….'

전설 같은 거장들을 실물로 볼 수 있다니!

꿈인지 생시인지 헷갈릴 만큼 흥분됐다.

'이게 웬 호강이야?'

지호는 객석을 살피던 중 한 가지 사실을 깨달았다. 장엄하고 화려한 조명 아래, 삼 층에 걸친 객석은 온통 백인들뿐이었다.

'…시상식에 대한 소문이 사실이었네.'

지호는 일각에서 아카데미 시상식을 일컬어 '백인들만의 잔치'라고 부르는 이유를 알 수 있었다. 실제로 한때에는 남녀 주연·조연상 후보 20명을 2년 연속 백인으로만 채운 명단이 발표

되기도 했던 것이다. 이에 맞서 흑인감독인 스파이크 리(Spike Lee), 흑인배우 윌 스미스(Will Smith)의 아내이자 가수인 제이다 핀켓 스미스(Jada Pinkett Smith) 등이 보이콧을 선언하기도 했었다.

지호가 아카데미 시상식에 대한 단상에 잠겨 있는 동안 객석이 모두 들어차고, 사회자가 등장했다.

주최 측은 보란 듯이 개그맨 출신의 흑인을 사회자로 앞세웠다.

그는 화려한 무대 위에서 훌륭한 뮤지컬 노래를 뽑아내며 진행을 시작했다.

이후 시상자들이 나와 수상자를 발표하고, 황금색 트로피를 수여했다. 오스카상이라고도 불리는 아카데미 시상식의 트로피는 어떤 분야에서 수상을 하던 모두 같은 디자인이었다.

'정작 수상자는 대부분 백인들이다.'

지호는 소문으로만 듣던 아카데미 시상식의 차별을 체감했다.

그 순간 진행 요원이 크게 외쳤다.

"다음 사회자분들은 대기해 주세요!"

지호는 심호흡하며 옷깃을 정리했다.

그때 옆을 서성이던 한 여배우가 어색한 발음으로 말을 걸어왔다.

"반가워요. 리허설 땐 번번이 참여를 못했어요. 전 콜롬비아 출신 여배우 줄리 베르가라라고 해요."

"아, 반갑습니다."

두 사람은 악수를 나눴다. 원래 진즉 리허설 때 만났어야 했지만, 세계 각지의 유명 인사들이 참석하는 영화제였기 때문에 일일이 일정을 맞추기란 까다로웠다.

국제 시상식에선 빈번한 일이었기 때문에 지호 외에 긴장하는 사람은 없었다. 다만 이런 경험이 처음인 지호만 익숙하지 않았다.

'새삼 긴장되네.'

그때 진행 요원이 말했다.

"두 분 입장해 주세요!"

그 말에 따라 지호와 줄리는 팔짱을 낀 채 무대로 걸어 나갔다. 푹 파인 드레스를 입고 맨살을 훤히 드러낸 팔등신의 여배우와 바짝 붙어 있음에도 불구하고 지호는 아무 생각도 들지 않았다.

관객들은 박수를 치며 환호했다. 지호는 미처 느끼지 못했지만, 옆에 서 있던 줄리 베르가라는 힐긋 곁눈질을 하며 생각했다.

'이 남자, 진짜 멋지네.'

턱시도에 보타이를 한 채 머리를 단정히 넘기고 메이크업까지 받은 지호의 모습은 관객을 열광시키기에 충분했다.

더구나 사회자는 그를 '베니스 영화제 최연소 황금사자상 수상자'라고 소개했던 것이다.

정작 지호는 반응이 어떤지 신경 쓸 여력이 없었다. 그는 수백 번 상상하고 외운 대본을 습관적으로 말했다.

"반갑습니다. 저는 한국에서 온 신지호입니다."

줄리가 바톤을 이어받아 자신을 소개했다.

"콜롬비아 출신 줄리 베르가라입니다. 대표작은 〈퍼스트 우먼〉과 〈모던패밀리〉가 있습니다."

박수갈채가 쏟아져 나왔다.

수상자 명단을 가진 사람은 줄리.

지호는 자신이 갖고 있는 수상 후보자 명단으로 시선을 돌렸다.

올해 〈톱스타와의 일주일〉 여주인공으로 아카데미 시상식에 참석하게 된 리나 프라다는 한 시간 반이 넘어갈 무렵부터 슬슬 지쳐갔다.

주최 측에선 라이브 공연과 직설적인 유머를 버무린 뒤 수상 소감마저 줄였지만, 차마 화려한 드레스를 입고 있는 여배우들의 불편함까지 덜어주지 못했다.

그때, 그녀의 미모를 훔쳐보던 옆자리의 남배우가 대뜸 말을 붙여왔다.

"리나. 우린 작품 하나를 같이했어도 여전히 어색하군요."

"아! 안녕하세요, 브룩스 씨."

반갑게 인사한 리나는 매끈하게 굴곡진 어깨를 주무르며 대답했다.

"실질적으로 겹치는 분량이 얼마 되지 않아서 그런 거 아닐까요?"

"그렇다면 다행입니다."

빙그레 웃은 남배우, 멜빈 브룩스가 이어 물었다.

"다들 여우주연상은 당신 차지라고 하던데, 그 부분에 대해서 어떻게 생각하죠?"

"글쎄요? 전 파비앙 티라르 감독님과 함께 작업한 것만 해도 꿈을 이룬 거나 다름없어요."

리나는 여우주연상에 큰 의미를 두지 않았다.

그도 그럴 것이, 어린 시절부터 각종 영화제의 아역배우상을 휩쓸어왔기 때문이다. 오죽하면 그녀만이 아카데미 여우주연상을 네 번이나 거머쥐었던 캐서린 햅번(Katharine Hepburn)의 기록을 깰 유일한 여배우란 추측이 공공연히 나돌고 있었다.

멜빈은 눈을 반짝이며 고개를 끄덕였다.

"당신 정도 실력자라면 충분히 아카데미에서조차 초연한 모습을 보일 수 있다고 생각합니다. 그런데 표정이 좀 따분해 보이는군요."

과연 바람둥이로 소문난 사람답게 눈썰미가 남달랐다. 표정 관리에 이골이 난 여배우의 아주 미세한 변화조차 그냥 지나치지 않는다.

반면 리나는 멜빈의 눈길을 피하지 않고 빤히 마주보며 대답했다.

"맞아요. 전 지금 무척 피곤해요."

"분명 제가 도울 일이 있을 겁니다. 전 피로를 풀어주는 데 타고난 소질이 있거든요. 어디가 말썽인거죠?"

"고맙지만 사양할게요. 제게는 익숙한 일인걸요. 단지… 그냥 마음이 좀 불편한 것뿐이에요."

"음? 몸이 아니라 마음이 불편하다고요?"

리나는 고개를 끄덕이며 대답했다.

"시상식 때 여배우 한 사람의 치장에만 3만 달러 이상이 들어요. 축제를 주관하는 영화예술과학아카데미(AMPAS)는 천문학적인 광고 수익을 벌어들이죠. 이 사치스러운 행사에서 드레스와 액세서리를 하고 있으면 마치 걸어 다니는 광고판이 된 기분이에요."

"행사를 통해 큰돈을 벌어들이는 영화제를 비난하시는 건가요?"

"글쎄요, 아카데미 영화제 자체를 비판할 생각은 없어요. 그 수익이 몇몇 탐욕스러운 이들의 주머니를 채운다곤 하지만, 중요한 사회문제들에 대한 메시지를 전할 수 있는 좋은 기회이기도 하니까요."

대화를 나누던 멜빈은 내심 김이 팍 샜다. 그가 궁금한 건 그녀의 내면이 아니었기 때문이다. 그는 대충 둘러댔다.

"하하, 그런가요? 리나, 당신이 평소 사회문제에 대해 관심이 많다는 이야긴 들었습니다."

그 순간 잠자코 지켜보던 파비앙 티라르 감독이 나무랐다.

"이 덜떨어진 놈 같으니라고! 촬영 현장에서도 여자 꼬시는 데에만 정신을 팔더니 이제는 시상식에 와서까지 사방에 추파를 던지는구나. 신사인 척 겉만 번지르르해서는… 네놈 이미지와 연기력이 아까워서 섭외하기야 했다만, 볼 때마다 한심하기 짝이 없다."

멜빈은 고개를 푹 숙이며 입을 다물었다. 새파랗게 젊은 스타에게 세계적인 거장 파비앙 티라르 감독은 하늘이나 다름없었다.

상대의 반응을 개의치 않은 파비앙은 무대를 주시하며 나직이 말을 돌렸다.

"대체 누구일지… 드디어 순서가 됐어."

리나가 고개를 돌리며 씨익 웃었다.

"감독님! 이제 우리 작품의 각본가님이 정체를 드러내실 시간이네요? 무척 기대돼요."

"음, 전에 듣기로는 달튼 트럼보에 버금가는 천재 각본가라고 하더구나."

파비앙의 말을 들은 리나가 천진난만하게 대답했다.

"그렇다면 전 '혜성처럼 등장한 신인 각본가'에 한 표 걸겠습니다!"

"어째서?"

"그 편이 더 흥미롭잖아요?"

순간 무대로 시상자 남녀 한 쌍이 등장했다.

이미 많이 알려진 배우 줄리 베르가라와 낯선 남자였다.

리나는 고개를 갸웃했다.

'음, 유명한 동양인 배우인가? 분명 어디서 본 얼굴인데……'

기억을 되짚던 그녀가 순간 탄성을 내질렀다.

"아!"

턱시도를 입고 머리를 올려서 미처 알아보지 못했다. 일 년 전, 런던행 비행기 안에서의 비범한 인연을 떠올리고 나서야 눈치챌 수 있었다.

"하하, 여기서 또 만나네?"

리나는 어이없는 웃음이 나왔다.

영화를 전공하는 학생이라고 자신을 소개했던 사람이 버젓이 아카데미 시상식 시상자로 등장한 것이다. 그것도 사회자 말에 따르면 베니스 영화제에서 황금사자상을 받은 감독이란다.

그녀를 유심히 지켜보던 파비앙이 물었다.

"시상자랑 아는 사이인 게야?"

"네, 감독님."

"인연이 참으로 희한하단 말이야. 나도 저 친구를 알고 있었네. 그야말로 엄청난 영화를 만들어내는 대형 신인이야. 그에게 황금사자상은 오프닝에 불과할 걸세."

리나는 눈을 동그랗게 떴다. 파비앙이 그를 알고 있는 것도 신기한데, 이렇듯 속 시원히 극찬하는 모습도 처음 봤던 것이다.

"그동안 칭찬을 하지 못하시는 줄 알았는데… 안 하셨던 것뿐이었어요?"

"처음 보는 게 없었으니까."

짤막하게 대답한 파비앙이 무대를 보며 덧붙였다.

"우연한 기회에 저 친구가 만든 영화를 보고 희열을 느꼈네. 우리가 한창 영화를 공부하고 만들던 시절의 감성들이 고

스란히 모두 녹아 있었거든. 재능 있는 사람은 많이 봤지만, 저런 친구는 처음 봤어."

리나는 무대 위 지호를 다시 봤다. 단순히 신기한 인연이 있는 사람이 아닌, 대단한 실력의 영화감독으로 생각하기 시작한 것이다.

그때 입을 연 지호가 말했다.

"…자, 그럼 각본상 수상자 후보를 먼저 발표하도록 하겠습니다."

* * *

대본을 열어본 지호는 난감했다.

'이게 뭐야?'

수상 후보 작품은 총 세 작품인데, 수상자 후보는 단 한 명이었던 것이다.

미스터 블루, 미스터 블루, 미스터 블루.

명단에 타 작품이 없자 지호는 당황했다.

그러나 진행은 계속 이어가야 했다.

"수상자 후보입니다."

눈을 내리깔며 그가 호명했다.

"〈톱스타와의 일주일〉에 미스터 블루 각본가, 〈잊지 못할 순간⟩의 미스터 블루 각본가, 마지막으로 ⟨플래시⟩의 미스터 블루 각본가입니다."

웅장한 회장이 일시적인 침묵에 빠졌다.

곁에 서 있던 줄리 베르가라는 가장 먼저 정신을 차리고 속삭였다.

"지금 뭐하시는 거예요?"

상황 파악을 못하는 건 그녀뿐이 아니었다.

관객들도 당황한 기색이 역력했다.

무대 뒤 대형 스크린에 작품 제목이 선명하게 나와 있음에도 불구하고, 각본가 이름은 단 한 명만 소개되었으니 착오라고 여긴 것이다.

순간 객석이 크게 술렁이더니 관객들이 수군대는 소리가 좀처럼 그치지 않았다. 급기야 앞좌석 곳곳에서 질문이 터져 나오기 시작했다.

"이게 대체 어떻게 된 일입니까?"

"발표자의 실수인가요?"

"그럼 그렇지! 다양성이니 뭐니 하더니… 말도 제대로 못하는 사람을 시상자로 세워둔 거야?"

소란이 커지자 지호는 목을 다듬고 대답했다.

"자리에 계신 신사 숙녀 여러분. 각본상 후보작인 ⟨톱스타와의 일주일⟩, ⟨잊지 못할 순간⟩, ⟨플래시⟩의 각본가는 '미스터 블루' 한 사람입니다."

"설마, 그럴 리가……."

줄리가 놀라며 지호의 대본을 확인했다. 어김없이 지호의 말대로 적혀 있었다. 기가 막힌 그녀는 무대 밖의 진행 요원들에게 입 모양으로 나무랐다.

'이런 상황이 발생할 걸 알았으면, 적어도 시상자인 우리한테는 말해줬어야 하는 거 아니에요?'

그와 동시에 침착하게 시상식을 진행했다.

"으흠, 우선 확인해 본 결과 명단은 전혀 착오가 없습니다! 저희도 지금에서야 알았네요. 맙소사, 후보작 세 작품이 모두 한 사람의 작품이라니… 아카데미 역사상 이런 전례가 있었던가요?"

이쯤에서 맞장구를 쳐줘야 할 지호가 대답이 없자 그녀는 침이 말랐다.

"아마 여타 시상식에서도 이런 상황은 없었을 겁니다! 여러분은 다른 시상식 어디서도 할 수 없는 경험을 하고 계신 셈이죠. 자, 이미 수상자는 정해져 있으니… 수상작을 바로 발표를 하도록 하겠습니다!"

그제야 몇몇 관객들이 꿈에서 깨어난 것처럼 환호하고 박수를 쳤다.

이어서 줄리가 결과를 발표했다.

"각본상 수상작은 리나 프라다, 멜빈 브룩스 주연의 〈톱스타와의 일주일〉입니다. 익명의 각본가 미스터 블루께선 무대로 나와 정체를 밝혀 주세요!"

그녀가 무대를 향해 손을 뻗었다.

화려한 불꽃들이 밤하늘을 수놓으며 스포트라이트가 무대 중앙을 밝혔다.

그럼에도 객석에선 박수갈채만 이어질 뿐 감감무소식이었다.

그러자 줄리가 다시 호명했다.

"미스터 블루……?"

모든 관객들이 '미스터 블루'가 어서 모습을 드러내길 원했다. 그들은 염원을 담아 필명을 불렀다.

미스터 블루! 미스터 블루!

객석에서 다시 한 번 우레와 같은 박수갈채가 쏟아졌다.

끝없는 환호에 결국 마음을 단단히 먹은 지호가 천천히 걸어 나와 마이크에 대고 말했다.

"제가 바로 미스터 블루입니다."

뜨겁던 회장 내부가 점차 식어갔다.

아무도 입을 여는 사람은 없었다. 모든 시선이 지호에게 쏠린 채 숨 막히는 침묵이 지속됐다.

뒤에 서 있던 줄리가 더듬으며 물었다.

"미, 미스터 블루… 씨? 정말 신지호 감독님이 미스터 블루 본인인가요?"

"네, 제가 바로 미스터 블루입니다. 소개가 늦어서 죄송합니다."

지호는 담담했다.

그 순간, 예기치 못한 함성이 울려 퍼지며 회장이 뒤집어졌다.

와아아아아!

영화 속에서나 나올 법한 대반전이 현실에서 일어나자 관객들은 전율했다. 처음 당황스럽던 감정은 어느새 흥분으로 바뀌어 있었다.

'이제 됐어.'

그제야 지호는 한숨 돌릴 수 있었다. 그동안의 비밀을 밝히자 속이 시원했다.

한편 줄리는 고개를 절레절레 저으며 트로피를 건넸다.

"당신, 정말 못 말리네요. 만난 지 몇 시간도 안 돼서 제 혼을 다 빼버리는 사람이 있을 줄이야… 아무튼 축하해요! 그래도 수상자인데 소감 한 말씀 해주실 거죠?"

"네, 물론이죠."

선선히 고개를 끄덕이고 단상에 선 지호는 소감을 말하기 전, 손에 들린 트로피를 내려다보았다.

"이 3.85킬로그램짜리 트로피는 92.5퍼센트가 주석이고 나머지 7.5퍼센트가 구리이며, 표면은 도금이라고 합니다. 그럼에도 〈시민케인〉으로 수상한 오슨 웰스(Orson Welles)의 각본상 트로피는 86만 1542달러에 판매되었죠. 그러나 현재에는 '명예를 돈으로 살 수 없다'하여 규정이 바뀌었습니다. 굳이 트로피가 필요 없다면 단돈 1달러에 반환할 수 있는 제도가 생겨났죠. 제가 새삼스럽게 이런 이야기를 꺼내는 것은 명예를 추구하는 아카데미 시상식에 실제로 와본 결과, 여전히 '백인들의 잔치'란 생각을 지울 수 없었기 때문입니다. 과연 차별 속에 명예가 지켜질 수 있을까요?"

그 말에 조용한 파란이 일어났다.

누구도 지호가 아카데미 시상식을 비판할 줄은 예상치 못했던 것이다.

미치지 않고서야 이제 빛을 보기 시작한 동양인 신인감독이 시상식 주최 측인 영화예술과학아카데미(AMPAS)와 정면으로 부딪힐 수 있을까?

그럼에도 정작 지호는 담담하게 말을 이었다.

"흑인을 사회자로, 동양인을 시상자로 세웠음에도 여전히 차별은 존재합니다. 저는 한 사람의 영화인으로서 아카데미가 다양한 인종의 축제로 발전하길 바랍니다."

잠시 침묵이 감돈 뒤 뜨거운 박수갈채가 쏟아졌다. 누군가는 단순히 주제넘다고 치부할 수 있는 상황을, 이 자리의 대부분이 용기 있다고 봐주었다.

지호가 이런 돌발 행동을 한 이유는 두 가지였다. 이 자리에 한 번 서면 언제 다시 설지 모르니, 같은 한국의 영화인들이 차별 없이 참여할 길을 만들고 싶었다.

또 한 가지는 영화인이라면 매사 '부조리'에 대해 당당히 맞설 수 있는 용기를 가져야 한다고 생각했기 때문이다. 그래야만 비로소 영화를 보는 이들에게도 그런 용기를 줄 수 있을 것이다.

'이런 큰 영화제 공식 석상에서 의견을 관철하지 못한다면, 그땐 내 스스로가 창피해질 거야.'

* * *

한편 리나 프라다는 두 눈을 반짝이고 있었다. 피곤하고 불편했던 기분 따위는 싹 날아가 버렸다.

'역시, 나랑 비슷한 생각을 가진 사람이었어!'

그녀는 진심으로 지호가 반가웠다. 공식 석상에서 당차게 소신을 밝히는 모습은 오늘 아카데미 시상식의 어떤 수상자보다 환히 빛났다.

우연히 같이 비행하게 됐을 시점부터 느꼈던 알 수 없는 끌

림의 정체를 깨닫는 순간이었다.

"감독님, 저 사람이 우리 각본을 썼대요. 뿐만 아니라 후보작 세 작품을 모두 그가 썼대요!"

파비앙 티라르는 딱딱하게 굳은 얼굴로 고개를 끄덕였다.

"…내 생각보다 더 뛰어난 인물인 것 같구나. 분명 정체를 밝혔는데, 도무지 정체를 모르겠다. 그나마 이제 드디어 이야기해 볼 기회가 생기겠어."

각본상의 수상자로서 트로피를 받고 시상자로서 퇴장한 지호는 〈잊지 못할 순간〉과 〈플래시〉 감독 및 배우들에게 인사를 한 뒤 〈톱스타와의 일주일〉 테이블로 향했다.

천천히 다가간 그가 파비앙 티라르 감독을 비롯한 배우들에게 인사하며 미소를 그렸다.

"처음 뵙겠습니다. '미스터 블루'라는 필명으로 활동했던 각본가 겸 감독 신지호입니다."

"반갑네."

진심을 담은 짧은 인사였다.

파비앙 티라르 감독의 성격상 구구절절 설명하진 않았지만, 그는 〈톱스타와의 일주일〉을 써준 지호에게 고마움을 느끼고 있었다.

작품 속 주인공들은 마치 젊은 시절 아내와 자신 같았다. 아내 역시 이번 작품을 본 뒤 과거로 추억 여행을 떠났는지,

정신이 잠시 돌아왔던 것이다. 다시 아내와 소통하는 시간을 가졌다는 것 자체만으로도 그에게는 세상 무엇과도 바꿀 수 없는 기적이었다.

가슴 저린 사연을 남몰래 간직한 파비앙 감독이 손을 내밀자 지호가 맞잡으며 말했다.

"티라르 감독님. 직접 뵙게 되어 영광입니다. 늘 존경해 왔습니다."

"자네에게 그런 말을 들으니 감회가 새롭구먼. 아, 우리 영화의 주연배우들을 소개하지. 이쪽은 멜빈 브룩스, 이쪽은 리나 프라다일세."

멜빈 브룩스가 먼저 바톤을 넘겨받았다.

"반갑습니다! 요즘 세계 영화 시장을 떠들썩하게 달구고 계시더군요. 말씀 많이 들었습니다. 멜빈 브룩스입니다."

"네, 신지호입니다. 톱스타에게 과찬을 들으니 몸 둘 바를 모르겠네요."

두 남자가 서로 소개를 마치자, 리나 프라다가 말했다.

"전 리나 프라다예요. 우리 예전에 만났던 적 있죠?"

"기억하시네요. 이렇게 다시 뵙게 돼서 기쁩니다. 이제는 싸인을 부탁할 수 있겠네요."

"전에는 가만히 있더니, 왜 이제 와서 싸인을 부탁하는 거죠?"

"하하, 서운한 감정을 안겨드렸다면 죄송합니다. 당신에게 평범한 팬으로서 다가가고 싶진 않았거든요."

씨익 웃은 지호가 이어 물었다.

"그나저나, 그동안 잘 지내셨죠?"

"당신만큼 스펙터클하진 않았지만 꽤나 바쁘게 지냈어요. 보시다시피, 당신 작품에 출연하느라 정신없었다고나 할까요?"

두 사람의 대화를 듣고 있던 멜빈 브룩스는 내심 질투가 솟구쳤다.

'저 여우 같은 계집애! 나랑은 작품 내내 말 한마디 제대로 안 섞더니 전도유망한 감독에게는 살살 알랑방귀를 뀌어대시겠다? 파비앙 감독한테 찰싹 붙어서 안 떨어질 때부터 알아봤어.'

그때 리나가 말을 이었다.

"방금 전까진 잘 몰랐는데… 왜 그렇게 배역이 잘 맞았는지, 왜 대사는 입에 착착 달라붙었던 건지 이제야 알겠네요. 〈톱스타와의 일주일〉의 여주인공, 제가 생각하는 게 맞죠?"

"하하, 맞아요. 무척 예리하시네요. 비행기에서 만났던 프라다 씨를 모티프로 만든 캐릭터입니다. 당신이 이 배역을 맡게 됐다는 소식을 들었을 땐 정말이지 부끄럽더군요. 일기장에 몰래 써둔 사랑 고백을 들킨 기분이랄까?"

"일기장에 써둔 사랑 고백… 설레는 비유네요!"

순간 멜빈이 그만 웃음을 터뜨렸다.

"하하하!"

그는 속으로 외쳤다.

'아주 꼴값들을 떠네!'

그러나 상대는 할리우드에서 가장 주목받는 여배우와 감독. 불만스러운 마음을 겉으로 다 표현할 수는 없었다.

멜빈은 시선이 자신에게 쏠리기 무섭게 둘러댔다.

"하하하… 아, 별거 아닙니다. 사회자 말재간이 재미있어서요."

그때 잠자코 있던 파비앙 감독이 끼어들었다.

"두 사람도 시상식이 끝나거든 알콩달콩 이야기 나누고, 질투에 빠진 못난 녀석도 그쯤 해둬. 아직 시상식 진행 중이니 집중하는 편이 좋을 것 같네."

모두를 겨냥한 일침에 따끔해진 지호와 리나는 한차례 시선을 교환한 뒤, 미소 띤 채 시상식 무대로 눈길을 돌렸다.

한편 멜빈은 손사래를 치며 변명했다.

"에이, 질투라니요? 감독님, 당치도 않습니다!"

"거참, 소란스럽군. 배우란 녀석이 그렇게 발연기를 해대서야… 쯧."

파비앙 감독이 무심한 반응을 보이자 멜빈은 울상을 지었다.

'망할 영감탱이!'

고작 이 정도가 멜빈이 할 수 있는 가장 큰 보복이었다.

*　　　*　　　*

시상식은 다양한 이벤트로 진행됐다.

그동안 지호는 조금 난감했다.

사회자의 언어유희를 이해하기란 쉽지 않았던 것이다. 하긴, 모두 이해했다 한들 미국인들과 유머코드가 맞을지는 미지수였다.

그때 옆에 앉은 리나 프라다가 한국어로 비유를 들어주었다.

"…방금 사회자가 한 말은 '사돈이 논을 사면 배 아프다'는 말과 비슷한 뜻이에요."

"아, 고맙습니다."

지호는 어색하게 웃으며 내심 감탄했다.

'한국에서 살았던 것도 아니면서 어떻게 우리말을 이 정도까지 할 수 있는 걸까?'

다소 발음은 어색했지만 의미 전달은 정확했다.

낯선 한국어를 단기간에 이만큼 할 수 있다는 것은 믿기 힘든 일이었다. 그녀는 언어 쪽으로 천부적인 자질을 가진 게

확실했다.

'리나 프라다가 비행기에서 했던 말도 전부 사실일 거야.'

아무리 많은 분량의 대본도 한 번 보면 모조리 외워버린다고 자신하던 모습을 떠올린 지호가 슬쩍 떠봤다.

"혹시 초능력이라도 있는 건가요?"

"네?"

"아! 한국어가 너무 유창하셔서요."

"풉! 아녜요. 한국어는 영화 홍보차 한국을 방문했을 때 몇 마디라도 직접 인사드리고 싶어서 연습하다 보니 재미를 붙인 거고, 속담은 서재현 감독님 영화에 나와서 공부했던 것뿐이에요."

"그런 거였어요? 저는 또……."

지호가 말끝을 흐리자, 입을 가리고 웃은 리나가 대답했다.

"설마 그동안 제가 비행기에서 했던 말을 그대로 믿고 있었던 거예요? 대본을 잘 외운다고 외국어를 단숨에 습득할 수 있을 리가 없잖아요."

"하하, 그건 그렇죠."

두 사람이 대화를 나누는 사이, 무대에선 유명 팝가수가 공연을 했다. 그다음은 남우주연상, 여우주연상을 시상할 차례였다.

먼저 남우주연상이었다.

순간 객석이 들썩이기 시작했다.

"뭐야? 또?"

"어떻게 이런 일이……!"

"이게 대체 어떻게 된 거야?"

아카데미 아역상이 〈잊지 못할 순간〉의 아역배우에게 돌아간 데 이어, 이번에도 지호가 각본을 쓴 세 작품이 후보로 올라온 것이다.

소수의 전문가 집단이 아닌 수천 명의 투표로 진행되는 아카데미 시상식의 공정성은 이미 정평이 나 있었고, 결과에 대한 의심의 여지도 없었다. 더구나 이번 시상식의 트로피를 싹쓸이하는 작품의 각본가 '미스터 블루'는 주최 측 영화예술과학아카데미(AMPAS)가 인색하게 대하기로 소문난 유색인종이었다.

"만약 '미스터 블루'가 동양인이란 사실이 시상식 전에 알려졌더라면, 주최 측에선 자네를 후보에조차 올리지 않았을 수도 있네."

그렇게 말한 파비앙이 덧붙였다.

"어쨌든 오늘은 자네의 날이군."

한편 관객들은 술렁이기 시작했다.

'백인들의 잔치'로 불리는 아카데미 시상식에서 동양인이 각본상을 받은 것도 모자라, 그가 쓴 작품들이 시상식 전체를 이끌어가고 있었기 때문이다.

혼란스러운 와중에도 남우주연상과 여우주연상 시상을 맡은 한 쌍의 시상자는 침착하게 진행해 나갔다.

남자 시상자가 후보작인 〈톱스타와의 일주일〉, 〈잊지 못할 순간〉, 〈플래시〉를 차례로 소개한 뒤 수상자를 발표했다.

"올해 아카데미 시상식, 영광의 남우주연상은……."

그는 객석을 훑은 뒤 수상자를 발표했다.

"〈잊지 못할 순간〉의 마이클 윙클러입니다!"

순간 여자 시상자가 설명을 덧붙였다.

"마이클은 깊은 감정과 절제된 연기로 관객들의 눈물샘을 확실히 자극했습니다! 마이클, 축하해요!"

관객들은 뜨거운 호응을 보냈다.

마이클 윙클러는 많은 흥행작들을 탄생시켰으며 전 세계 영화인 모두가 찬사를 보내는 최고의 배우였지만, 그동안 오스카상과는 인연이 없었다. 그런데 이제야 꿈에 마지않던 오스카상을 거머쥐게 된 것이다.

그는 손에 들고 있는 트로피를 보며 입을 열었다.

"네… 후… 이 상은 좋은 작품을 써주신 미스터 블루… 아니, 신지호 각본가와 영화를 연출해 주신 알레한드로 이냐리투(Alejandro Inarritu) 감독님께 감사 인사를 전합니다. 두 분이 없었더라면 제가 이 자리에 서는 일도 없었을 것입니다. 시나리오를 읽고 작품을 하는 내내, 제 삶을 한층 더 의미 있게 만들어줄 작품을 만난 것 같아 행복했습니다. 제가 본 최고의 시나리오였습니다."

관객들이 박수갈채를 보냈다.

소감을 모두 밝힌 마이클이 무대에서 내려가자, 이번에는 여자 시상자가 여우주연상을 발표했다.

"이어서 바로 여우주연상을 발표하도록 하겠습니다. 하하하, 이제는 놀랍지도 않네요. 다시 한 번 미스터 블루의 작품입니다! 〈톱스타와의 일주일〉의 리나 프라다!"

남자 시상자가 덧붙였다.

"리나에게는 어떠한 부연도 필요 없죠. 남녀 구분할 것 없이 모든 세계인들의 사랑을 독차지 하고 있는 여배우입니다."

무대 위로 올라간 리나는 지호가 앉아 있는 객석을 뚫어져라 주시하며 소감을 말했다.

"배우로서 이보다 기쁜 일이 또 있을까요? 그동안 상당히 길었던 머리카락을 단발로 싹둑 잘라 버렸는데도 여전히 저를 예뻐해 주시는 모든 분들께 감사하다는 말을 꼭 하고 싶어요."

농담 섞인 소감을 들은 관객들이 웃음을 터뜨렸다.

이어 그녀가 진지하게 덧붙였다.

"앞서 신지호 각본가님의 수상 소감처럼, 저도 오늘 아카데미 시상식에 수상자 중 한 명으로서 앞으로 아카데미에서 피부색이 제 머리카락 길이만큼이나 무의미해졌으면 좋겠어요."

다음 지호가 시상자로 다시 한 번 무대 위에 섰다. 머지않아 그의 세 작품을 포함한 후보작들이 올라왔다.

공정한 투표가 진행됐고, 감독상을 발표할 차례가 됐다.

"아카데미 감독상을 발표하도록 하겠습니다. 아카데미 감독상 2회 수상 경력이 있는 〈잊지 못할 순간〉의 알레한드로 이냐리투 감독과 강력한 후보였던 〈플래시〉의 댄 길로이(Dan Gilroy) 감독을 젖히고 감독상을 받게 된 영예의 주인공은 〈톱스타와의 일주일〉을 연출한 파비앙 티라르 감독입니다! 모두 큰 박수로 맞이해 주세요!"

박수와 함께 곳곳에서 휘파람과 응원 소리가 들려왔다.

"사랑해요, 파비앙!"

"다시 돌아와서 기뻐요!"

"당신 특유의 영화가 그리웠어요!"

무대에 오른 파비앙 감독은 짧고 강렬한 소감을 말했다.

"제 아내가 이 아름다운 밤을 함께 보내는 날이 올 수 있도록, 병석에 있는 그녀의 건강을 빌어주십시오."

객석의 분위기를 허문 것은 작품상 발표 때였다.

마지막 작품상 역시 〈톱스타와의 일주일〉이 가져가면서, 아카데미 시상식은 지호가 쓴 작품들만의 축제로 변해갔다. 또한 가지 의미가 깊은 점은 단 한 명의 미국인 수상자도 나오지 않았다는 사실이었다.

상황이 이렇다 보니 지호의 존재가 가지는 파급력이 상당했다. 아카데미 시상식이 끝나는 동시에 기자들이 구름처럼 몰려들어 지호를 집중적으로 공략했다.

"이번 건은 목숨 걸고 인터뷰 반드시 따내야 돼!"

"신지호는 각본 세 편으로 아카데미 시상식을 씹어 먹은 친구야. 방금 전까지 세계 영화계를 떡 주무르듯이 했단 말이지!"

"최고의 이슈 메이커예요. 게다가 비주얼도 웬만한 배우 뺨치던데? 스타성이 엄청나요!"

지호를 향한 취재 경쟁이 과열됐다. 그러나 정작 기자들 마음을 홀라당 태워먹은 지호는 시상식장에서 홀연히 사라져 버렸다.

"도대체 어디로 샌 거야?"

"젠장! 하늘로 솟았나?"

기자들은 병 쪄서 물었다.

그 시각, 신출귀몰하게 사라진 지호는 리나와 함께 있었다.

*　　　*　　　*

"여배우의 방에 들어온 소감이 어때요?"

리나는 침대에 앉으며 물었다.

한편 지호는 서서 스위트룸을 둘러보며 대답했다.

"호텔 방이잖아요?"

"제게는 호텔이 집이나 다름없어요."

그녀의 말에 지호는 고개를 끄덕였다.

"사진이 많긴 하네요. 정말 집처럼 꾸며져 있어요."

"저야 뭐, 계속 떠돌아다니는 신세니까요."

"그럼 한국에도 한 번 오세요."

화두를 던진 지호가 빙그레 웃으며 물었다.

"할리우드 유명 배우들이 작품을 선택하는 기준에 대해 찾아봤어요. 이미 부유한 재력을 갖춘 그들은 때때로 각본만 보고도 출연 의사를 결정한다더군요."

"할 말이 있다더니, 지금 제게 섭외 제안을 하시는 건가요?"

"맞습니다."

두 사람은 서로의 눈을 똑바로 마주보았다.

잠시 동안 적막이 흐르고, 리나가 먼저 피식 웃었다.

"본인이 이룬 일들에 대해서 아직 감을 못 잡은 것 같네요. 아카데미 시상식을 쥐고 흔든 순간부터 당신은 모든 배우들에게 주목받는 사람이 됐어요. 이미 세 편의 훌륭한 각본으로 자신의 능력을 증명했고, 그 작품들로 시상식의 모든 상을 휩쓸었으니까요. 난 아직 못 봤지만 티라르 감독님은 당신의 연출력도 높이 사시던데요?"

"감독님께서요?"

"네. 그리고 당신의 말처럼 할리우드에 많은 배우들이 감독만 보고 출연을 결정하곤 하죠. 그건 저도 마찬가지예요."

그녀는 얼굴을 붉히며 서둘러 덧붙였다.

"한마디로 말해서, 기회만 된다면 저 역시도 당신 작품에 참여해 보고 싶다는 뜻이에요."

Chapter 5
역대급 금의환향

지호는 두 볼이 붉게 달아오른 리나 프라다를 빤히 보았다.

‘추운 데 있다가 들어와서 그런가?’

그는 간단히 넘기며 대답했다.

“긍정적으로 생각해 줘서 고마워요.”

빙그레 웃으며 고개를 저은 리나가 자신의 싸인이 담긴 쪽지를 건네며 말했다.

“자, 성의 있게 한번 써봤어요.”

지호가 쪽지를 바로 열어보려 하자 그녀가 덧붙였다.

"제 앞에서 읽으면 민망하니까 방으로 돌아가서 읽어줄래요?"

"아, 그러죠."

지호는 코트를 걸치며 말했다.

"싸인 고마워요, 리나. 오늘 내내 감사했어요. 벌써 시간이 이렇게 됐네요. 그럼… 저는 이만 가보겠습니다. 편히 쉬세요."

"잘 가요. 사람들 눈에 띄면 좋을 게 없으니 배웅은 생략할게요."

"네, 그럼."

리나의 방을 나선 지호는 자신의 방으로 돌아왔다.

아카데미 시상식 기간, 감독과 배우들은 대개 할리우드앤하이랜드(Hollywood and Highland) 내에 위치한 르네상스 호텔에 머무른다.

지호 역시 창가에 다가서서 창밖 풍경을 한눈에 담았다. 거대 쇼핑몰들이 위치한 거리가 한눈에 내려다보였다.

"드디어 시상식도 끝났네."

정말이지 폭풍 속에 있는 것같이 느껴진 하루였다.

그때 누군가 방문을 노크했다.

똑똑.

"누구세요?"

지호의 물음에 익숙한 음성이 돌아왔다.

"제임스 페터젠입니다."

"아, 제임스."

문을 반쯤 연 지호는 반가운 표정으로 짐짓 짓궂게 물었다.

"이 야심한 시간에 어쩐 일이세요?"

"하루 종일 관계자들한테 시달리느라 미처 확인을 못하고 왔는데… 시간이 꽤 늦었군요."

제임스는 페터젠은 그제야 시계를 확인하더니 물었다.

"그냥 돌아갈까요?"

"아뇨, 그런 뜻은 아니었어요."

지호는 문을 활짝 열어주며 말했다.

"일단 들어오세요!"

"환영해 줘서 고맙습니다."

냉큼 안으로 들어선 제임스는 주변을 두리번거리더니 주류 서비스 테이블에서 샴페인을 꺼내들었다.

"축배를 들어야죠! 이곳에서 이용하시는 룸서비스는 모두 무료입니다. 시상식 주최 측인 영화예술과학아카데미에서 보이는 성의 표시예요. 미스터 신을 귀빈으로 모신다는 의미 정도로 보시면 될 것 같습니다."

"하하, 특별 대우를 받으니 기분은 좋은데요?"

"앞으로도 질리도록 받으실 겁니다."

대수롭지 않게 대답한 제임스가 술잔에 술을 따르며 말을 이었다.

"씬 크리에이터, 크레딧 타이틀에도 각본을 보내셨을 줄은 상상도 못했습니다. 그 두 곳은 우리를 포함해서 꽤 큰 규모의 제작사로 손꼽히는 곳들이죠. 미리 알고 계셨습니까?"

"규모가 큰 곳들에만 각본을 보낸 건 맞아요. 하지만 제가 계약한 제작사들에 관한 내용은 자세하게 몰랐습니다. 처음엔 일이 이렇게 커질 줄도 모르고, 세 작품을 각각 다른 곳의 메이저 제작사에 보내서 제 자신의 수준을 알아보고 싶었을 뿐이에요."

"별 뜻 없이 보냈는데 세계가 놀랐다, 뭐 이런 이야기군요. 〈포레스트 검프〉와 〈빅 피쉬〉 중간쯤 가는 이야기네요!"

두 작품 모두 동화처럼 세상을 살아가는 한 남자에 대한 영화였다. 감탄이 나올 만큼 적절한 비유에 지호가 웃음을 터뜨렸다.

"뭐, 비슷할 수도 있겠네요."

"미스터 신. 단도직입적으로 얘기하죠."

제임스는 진지하게 얼굴색을 바꾸며 말을 이었다.

"보나마나 씬 크리에이터, 크레딧 타이틀에서도 관계자들이 찾아와서 비슷한 제안을 하겠지만… 앞으로 촬영할 작품들은 저희 네러티브 제작사와 함께 작업해 주시죠."

현 상황을 관조해 봤을 때, 선택권은 지호에게 있었다. 많은 영화 제작사들이 지호를 잡아야 하는 상황인 것이다. 그들이 봤을 때 지호는 황금 알을 낳는 거위였다.

지호는 이럴 때일수록 자신의 가치를 높여야 한다는 사실을 무척 잘 알고 있었다. 따라서 그는 진솔하고 정중한 태도로 결정을 미뤘다.

"제임스. 아직 제게는 업계에 관한 지혜와 경험이 턱없이 부족합니다. 이런 상황에서 갑작스러운 제안이 쏟아지니 망설여지게 되는 게 사실이에요. 만약 당신 말대로 다른 곳들에서도 이 같은 제안을 해온다면, 모두 만나보고 난 후에 마음의 결정을 내리고 싶습니다."

"좋습니다. 굉장히 신중하군요."

술잔을 흔들며 대답한 제임스는 쓴웃음을 지었다.

대부분 신인들은 메이저 제작사의 제안이 들어오면 자신에게 주어진 기회가 달아나기라도 할 것처럼 냉큼 계약부터 하고 보는 경우가 빈번했다.

하지만 지호는 보편적인 신인들의 반응과 달리 침착하고 현명하게 대처한 것이다.

결국 제임스는 플랜 A를 버리고 B로 전향했다.

"그럼 이렇게 하죠. 저는 일단 조건을 제안하지 않겠습니다.

다른 제작사들과 미팅을 가지신 후 저를 다시 찾아주십시오. 그들이 부르는 최고 조건을 말씀해 주시면, 무조건 그보다 더 높게 맞춰드리죠."

"당신 말대로라면 그들이 어떤 제안을 해올 지도 모르는 상황인데요?"

"아무래도 업계 관행이란 게 있으니까요. 물론 무리해서 욕심을 낼 수는 있겠지만 제작사 대주주가 오지 않는 이상 그들 제안에 상한선은 어느 정도 정해져 있을 겁니다. 반면 저는 네러티브 제작사의 프로듀서이자, 사장님과는 혈연관계죠."

그는 목이 타는지 술을 한 모금 마신 뒤 이어 말했다.

"다양한 영화제에서 입상을 했다고 하더라도 흥행이 보장되는 건 아닙니다. 그건 아카데미 시상식도 마찬가지죠. 누구나 이렇게 말할지도 모르겠지만, 제가 미스터 신에게 기대하는 건 흥행이 아닙니다. 전 프로듀서로서 당신의 각본과 연출 스타일이 마음에 들어요. 당신의 각본은 관객에게 깊은 울림을 주고, 〈부산〉에서 보여준 부드럽고 감각적인 카메라 워킹은 참신하기 그지없습니다. 난 영화를 진정으로 다룰 줄 아는 사람과 작업하고 싶어요."

제임스의 목소리 마디마디에서 호소력이 느껴졌다.

그럼에도 지호는 선불리 결정을 내리지 않고 최초의 다짐을 관철했다.

“잘 알겠어요, 제임스. 다른 제작사에서 제안이 온다면 모두 만나본 뒤, 계약을 하지 않은 상태로 연락을 드리도록 할게요.”

“네, 그렇게 하시죠.”

제임스는 깨끗이 단념했다. 그는 지호의 유리잔에 건배하고 나서 단숨에 술잔을 비웠다.

*　　*　　*

지호는 며칠 더 호텔에 머물렀다. 시상식 다음 날부터 많은 관계자들과 기자들이 들이닥친 것이다.

그중에는 제임스가 예측한 것처럼 제작사 관계자들도 포함돼 있었다.

지호는 스스로 일정표를 짜고 그대로 움직였다.

월요일은 워싱턴포스트지(Washington Post紙)와의 인터뷰, 화요일은 뉴욕타임스(The New York Times), 수요일은 씬 크리에이터 제작사와의 미팅… 이런 식이었다.

지호는 바쁜 시간을 보내는 와중에도 틈틈이 한국의 식구들과 지인들에게 안부 차원의 연락을 했는데, 서재현과의 통화는 특히 중요했다.

그는 지호가 생전 처음 겪는 상황들에 적응해 나갈 수 있도록 이끌어주는 노련한 길잡이였다.

오늘도 지호는 시간을 확인한 뒤 호텔에 비치되어 있는 전화기를 통해 집으로 전화를 걸었다. 그리고 지루한 신호음 끝에 상대가 전화를 받았다.

—지호냐? 종종 같은 시간에 전화를 하니까 기다리게 되는구나.

언제 들어도 반가운 서재현의 묵직한 음성이 들려오자 지호는 활짝 웃었다.

“하하, 삼촌. 지금 집에 계세요?”

—그럼, 집에 있지. 숙모랑 수열이도 같이 있고. 그보다, 안 그래도 너한테 전할 말이 있던 참이다.

“저한테요?”

—음. 인터넷을 봤다면 너도 알고 있겠지만, 한국에도 네 행보에 관한 기사들이 그대로 보도되고 있다. 얼마 전에는 미국의 언론 매체가 보도한 기사를 그대로 차용했더구나. 뿐만 아니라 광고, 예능부터 뉴스 시사 프로그램까지 죄다 귀신같이 달려들어 게스트 섭외 요청을 해대고… 살아서는 받기 힘들다는 금관문화훈장 수여식이나 국무총리 오찬(午餐) 등 의례적인 일정도 기다리고 있어. 아마 한국에 들어오면 몇 달간은 꼼짝없이 시달려야 할 게야.

몇몇 내용은 지호도 알고 있는 사실이었다.

그는 침을 꼴깍 삼키며 대답했다.

'예상은 했지만…….'

김연아, 박지성 등 세계에서 한국을 빛낸 스포츠 스타들이나 받았던 대우를 자신도 받게 된 것이다. 베니스 영화제, 아카데미 시상식에서 수상을 했을 때 꿈꾸는 기분이었다면 지금은 잠에서 덜 깬 느낌이었다.

'이렇게 된 이상 부모님에 대한 기사가 나오는 것도 시간문제겠어.'

지호는 마음의 준비를 하며 물었다.

"…이제 앞으로 어떻게 해야 할까요?"

막연한 질문이었지만, 서재현은 대수롭지 않게 대답했다.

—일단 한국에 돌아오면 밀린 일정부터 소화해야겠지. 그다음에는 지금처럼 네가 좋아하는 일을 하면 된다. 단, 부담은 갖지 말고. 만약 관객들의 기대에 부응해야 한다는 생각을 하면 네 영화는 정체성을 잃고 말게야. 그 점을 각별히 경계해야 한다. 그 부분만 제외하면 오히려 영화를 만들기에는 환경이 더 좋아진 셈이지. 누구든 네 영화에 투자하고 싶어 할 테니.

"네, 삼촌. 실은 이미 차기작을 생각해 뒀어요. 하지만 한국에 돌아가면 당장 처리해야 할 일이 많겠죠."

—그렇겠지.

"그래서 말인데, 삼촌한테 부탁 하나만 드려도 될까요?"

—음… 어디 한번 말해 보거라.

"한국에서 촬영할 차기작에 총괄 제작자로 참여해 주세요."

뜻밖의 제안을 받은 서재현은 무거운 음성으로 대답했다.

—음, 너도 알겠지만 난 이미 영화계를 은퇴했다. 일선에서 물러난 지 너무 오랜 시간이 지났어.

그러나 지호는 쉽게 포기하지 않고 부탁했다.

"꼭 삼촌의 도움이 필요해요."

매번 스스로 문제를 해결하던 그가 처음으로 손을 뻗은 것이다.

이를 누구보다 잘 알고 있는 서재현이기에 이번만큼은 거절하고 싶지 않았다.

마침내 뜸을 들이던 서재현이 말했다.

—그럼 네가 바쁜 일정을 소화할 때까지만 도와주마. 나머지는 그 후에 다시 이야기하자.

"삼촌, 정말 감사해요!"

지호는 주먹을 움켜쥐었다. 서재현이 얼마나 힘든 결단을 내린 건지 누구보다 잘 알기 때문이다.

결국 승낙을 받아낸 지호가 말을 이었다.

"한국에 들어갈 때까지 각본을 완성할 계획이에요. 스태프들을 구성하고 배우들을 섭외해야 하죠. 제게 명단이 있어요."

―네가 들어오기 전까지 명단의 사람들에게 연락을 취해두마. 그들이 영화에 대해 알아야 할 내용은?

서재현은 척하면 척 알아들었다.

빙그레 웃은 지호가 대답했다.

"그건 정리해서 메일로 보내드릴게요."

―알겠다. 그럼 메일 보내고, 한국 들어오면 보자꾸나.

"네, 삼촌. 감사해요!"

지호는 서재현이 전화를 끊기를 기다렸다가 수화기를 내려놓고 노트북을 켰다.

"후."

그는 날숨을 뱉고 깜빡이는 커서를 바라보았다.

머릿속에서 듬성듬성 키워드 몇 개가 떠올랐다. 동시에 뭉게구름처럼 사건들이 피어오르며 키워드들을 서로 연결했다.

'머릿속에서 무거운 주제들을 덜어내자.'

지호는 서재현의 충고를 받아들였다.

무언가 말하고자 하는 욕심을 버렸다.

머리를 식힐 겸 이번 영화를 기획했다. 즉, 욕심 내지 않고 스스로 즐기면서 만들 결심이었다.

그 기준에 벗어나지 않도록 단순한 구조의 스토리텔링을 마친 뒤, 손가락을 풀었다.

"이번에는 관객의 심장을 쥐락펴락할 수 있는 짜릿한 공포 영화를 만들어보는 거야."

중얼거린 지호는 키보드를 두드리기 시작했다.

타타타탁! 타타탁!

*　　　*　　　*

인천국제공항은 평일 낮 시간임에도 불구하고, 구름 같은 인파로 붐볐다.

잔뜩 몰려든 기자들은 폭풍전야의 심정으로 삼삼오오 모여 담소를 나누고 있었다.

"이제 곧 신지호 감독이 귀국할 시간이죠?"

"지금쯤 우리나라 상공에 들어왔을 거예요."

"후… 벌써 인터넷에 사진이 뜨면서 난리도 아니에요."

"스물두 살짜리가 벌써 세계 최고 감독들과 함께 이름을 올리다니… 국민의 한 사람으로서 정말 자랑스럽잖아요?"

"그 대한민국의 아들이 엄청난 미남이라는 사실 때문에 더 난리라는 거죠."

그때 게이트 앞이 유독 소란스러워졌다. 입국자들이 게이트를 통해 모습을 드러내기 시작한 것이다.

수다를 떨던 기자들이 일제히 몰려들자, 접근 금지 선 안쪽에 서 있던 공항 측 보안 요원들이 막아섰다.

그리고 마침내 지호가 등장했다. 그는 편안한 티와 청바지를 입고 선글라스를 썼는데, 외국인과 함께였다.

당황한 기자들이 술렁였다.

"옆에 있는 사람은 누구야?"

"신지호 감독 혼자 입국하는 거 아니었어?"

"뭐야, 대체 뭐가 어떻게 된 거야?"

순간 외국인이 선글라스를 벗었다.

이어진 침묵. 잠시 후 그녀의 얼굴을 확인한 기자들은 경악에 찬 목소리로 외쳤다.

"서, 설마… 리나 프라다?"

"내가 제대로 본 거 맞지?"

"말도 안 돼! 리나 프라다가 여긴 왜……?"

그사이 지호가 인파를 헤치고 게이트를 벗어났다.

지호를 뒤따라가던 리나는 걸음을 멈추더니 "리나 프라다! 한 말씀만 해주세요!"라고 외치는 기자를 향해 영어로 대답했다.

"저는 신지호 감독님 작품에 출연하기 위해 한국에 왔습니다."

일 년여 만에 다시 한국 땅을 밟은 지호는 감회가 새로웠다.

익숙하고도 낯선 풍경이 눈에 들어오고, 추억에 묻어뒀던 냄새가 코끝을 간질였다.

'드디어 돌아왔다!'

지호와 리나 프라다는 인파를 피해 몸을 움직였다. 공항 보안 요원들이 두 사람을 안내했다. 그들이 공항 밖으로 나가자, 이지은과 서수열이 기다리고 있었다.

"숙모! 수열아!"

지호가 반가운 마음에 손을 흔들자 두 사람이 환히 웃었다.

이지은이 지호의 손에 들려 있던 캐리어를 빼앗으며 물었다.

"그런데 여기 이 아가씨는……?"

리나 프라다는 선글라스를 쓰고 있었다.

지호가 입을 열려하는 순간, 그녀는 능숙하게 진실과 거짓을 반죽했다.

"안녕하세요! 전 신지호 감독님의 친구예요. 한국을 너무 사랑해서 늘 놀러오고 싶었어요."

능숙한 한국말에 깜짝 놀란 수열이 딸꾹질을 했다.

"외, 외국인이 한국말을 엄청 잘하네? 딸꾹!"

한편 이지은은 빙그레 웃으며 대답했다.

"반가워요. 캐리어는 이리 주고 일단 차에 타요."

그때 수열이 두 대의 캐리어를 모두 가로채며 트렁크에 실었다.

"엄마도 참, 이런 건 남자가 해야죠!"

지호는 피식 웃었다.

"이야, 못 본 새 다 컸네. 그러고 보니 이젠 키도 나보다 더 큰 것 같다?"

그가 한국을 떠나 있었던 동안 수열은 190센티에 육박하는 장신이 되어 있었다.

1년 새 15센티나 더 큰 것이다.

그에 자부심을 느낀 수열이 씨익 웃었다.

"형, 더 이상 예전의 내가 아니야."

"까불긴."

일축한 지호는 리나와 함께 뒷좌석에 몸을 실었다.

잇따라 이지은이 운전석에 타자, 덩그러니 남은 수열은 서둘러 보조석에 올랐다. 그는 백미러로 지호의 얼굴을 보며 말했다.

"형은 안 본 사이 어째 더 잘생겨진 것 같네."

"너도. 오랜만에 보니까 반갑다."

형제와 다름없는 두 사람이 그들만의 애틋한 눈빛을 주고받는 사이, 이지은이 시동을 걸고 차를 출발시켰다.

차량이 본격적으로 도로를 타기 시작하자 잠자코 있던 리나 프라다가 슬며시 선글라스를 벗었다.

아무도 그녀의 움직임을 눈치채지 못하고 있는 가운데, 그녀가 입을 열었다.

"아까 기자들이 다시 몰려들까 봐 미처 말씀을 못 드렸어요. 저는 리나 프라다에요!"

순간 웬만해선 평정심을 잃지 않는 이지은이 핸들을 꺾으며 브레이크를 지그시 밟았다.

차가 멈추며 시트가 들썩였다.

"어맛!"

비명처럼 외친 그녀는 입을 딱 벌린 채 백미러로 리나의 얼굴을 뜯어봤다.

"정말 리나 프라다네?"

수열은 아예 경악한 표정이었다.

"헐, 말도 안 돼……."

두 사람의 반응을 어느 정도 예상했던 지호는 어색하게 웃었다.

"하하……."

그제야 정신을 다듬은 이지은이 고개를 도리도리 저으며 백미러를 주시한 채 말했다.

"아, 미안해요. 갑자기 멈춰서 놀랐죠? 나도 리나 프라다가 내 차에 탔을 줄은 상상도 못했던 일이라… 어디 다친 데는 없어요?"

"아뇨, 괜찮아요!"

활짝 웃어 보인 리나가 짐짓 배를 만지며 울상을 지었다.

"제가 무척 배고파서 그런데… 괜찮으시면 저녁 한 끼 신세를 져도 될까요?"

이지은은 여전히 신기한지 좀처럼 백미러에 시선을 떼지 못하고 대답했다.

"그럼요. 우리 지호 친구… 맞는 거죠?"

그녀는 자연스럽게 말하다 말고 재차 물었다.

리나가 고개를 끄덕였다.

"네, 맞아요! 한국을 사랑하는 것도 사실이고요. 물론 이번에는 신지호 감독님의 차기작에 출연하기 위해 오게 됐지만요."

수열은 다시 한 번 경악했다. 내일 아침 지구가 종말한다는 이야길 들어도 이처럼 놀랄 것 같진 않았다.

"우리 형 영화에 출연을 하신다고요? 리나 프라다 님께서?"

"아무래도 그런 것 같구나."

이지은까지 거들자 지호는 웃음을 참지 못하고 손을 내저었다.

"일단 그 부분에 대해서는 집에 가서 자세히 말씀드릴게요."

그 말에 정신을 차린 이지은이 다시 출발하며 물었다.

"그래, 그러자. 오늘 저녁은 뭘 해먹나… 혹시 입에 맞는 한국 음식 있어요?"

"한국 음식은 다 좋아해요! 전 김치에 대한 거부감도 없더라고요. 오히려 제 입맛에 딱 맞았어요. 헤헤."

리나는 붙임성 있게 꼬박꼬박 친근한 목소리로 답해주었다.

반면 이지은과 수열은 헤이리 마을로 가는 동안 계속 질문을 했다.

두 사람도 지호 못지않은 영화광이었기 때문에, 뒷좌석에 할리우드 톱스타를 태우고 있다는 사실이 꿈만 같은 수밖에 없었다.

그 마음을 충분히 이해하는 지호는 잠자코 있었다.

'나도 리나 프라다를 처음 만났을 때 엄청 신기했었지.'

한편 리나에게 두 사람의 관심을 상대해 주는 건 일도 아니었다.

그녀는 시종일관 밝고 사려 깊은 태도로 대화에 동참해 주었다.

그 결과 이동하는 시간 동안 지루한 사람은 없었다. 십 분 같은 한 시간을 보낸 뒤, 차에서 내릴 때까지도 흥분해 있었다.

이지은은 지호와 리나 프라다를 내려주고 말했다.

"두 사람은 먼저 들어가 있으렴. 우리는 장 좀 봐서 들어갈게. 아마 안에 삼촌 계실 거야."

"알겠어요, 숙모."

와중에도 수열은 아쉬운 표정으로 리나에게 눈을 못 떼고 있었지만, 이지은은 매정하게 출발해 버렸다. 그들이 마당을 빠져나갈 때까지 자가용의 뒤태를 감상하던 지호가 불쑥 말했다.

"우리 가족이에요."

리나는 미소를 지으며 대답했다.

"참 좋은 분들이세요. 저도 부모님이 생각나네요."

"자, 그럼 이만 안으로 들어가죠."

지호는 어물쩍 말을 돌리며 그녀를 안내했다.

그 모습에 리나는 고개를 갸웃했다.

'일부러 대답을 회피하는 건가?'

조금 이상하다는 생각이 들었지만, 그녀는 깊이 생각하지 않고 지호 뒤를 쫓았다.

현관에 도착한 지호가 벨을 눌렀다.

그러자 냉큼 문을 연 서재현이 그를 부둥켜안았다.

"지호 왔구나!"

좀처럼 보기 힘든 환대였다.

곧 지호와 떨어진 서재현은 리나를 보며 물었다.

"이쪽 분은 누구시냐?"

안경을 쓰지 않아 그녀의 얼굴이 흐릿했던 것이다.

'서재현 감독님?'

순간 리나는 자신의 두 눈을 의심했다.

그녀가 감명 깊게 봤던 영화들의 감독이자, 존경해 마지않는 서재현 감독을 여기서 만날 줄은 조금도 예상치 못했기 때문이다.

눈치를 살피던 지호가 대답했다.

"이번 제 작품에 출연하게 된 리나 프라다예요."

그제야 화들짝 정신을 차린 리나가 서둘러 인사했다.

"아! 안녕하세요."

고개를 끄덕인 서재현이 말했다.

"여배우라면… 내가 알고 있는 그 리나 프라다가 맞나보군요. 아, 일단 날씨가 아직 쌀쌀하니 어서 안으로 들어오십시오."

집 안으로 들어간 리나는 서재현이 안경을 찾으러 간 동안 거실 곳곳을 장식하고 있는 흑백사진들을 구경하며 물었다.

"제가 알고 있는 그 서재현 감독님 맞으시죠?"

"네, 맞을 거예요."

"예전과 다를 것 없이 정말 그대로시네요. 바로 알아볼 수 있었어요!"

"직접 말씀해 주시면 삼촌도 무척 기뻐하실 거예요."

리나는 얼굴을 확 붉혔다.

"감독님 앞에 있는 것만으로도 떨려요. 제가 파비앙 티라르 감독과 더불어 가장 뵙고 싶은 분이었으니까요."

그 말에 지호는 조금 놀랐다.

서재현이 유명한 감독이었다는 사실은 알고 있었지만, 외국 여배우의 입에서 파비앙 티라르 감독과 비견될 줄은 예상치 못했기 때문이다.

'삼촌은 전성기 때 어느 정도의 영향력을 가지고 계셨던 걸까?'

그때 서재현이 안경을 걸치고 돌아왔다.

"이제야 제대로 얼굴보고 인사할 수 있겠군요. 만나서 반갑습니다. 저는 지호 삼촌입니다."

"감독님 영화 모두 감명 깊게 봤어요."

리나가 수줍게 고백하자 서재현은 겸연쩍게 대답했다.

"허허, 은퇴한 지 한참 된 사람의 작품을 할리우드 스타가 기억해 주다니 영광이군요."

그는 능숙하게 말을 돌렸다.

"멀리까지 오느라 피곤할 텐데 편하게 쉬고 있어요. 필요한 건 지호에게 이야기하면 될 겁니다."

"아, 네! 감사합니다."

답례로 웃어 보인 서재현은 서재로 들어갔다.

그가 퇴장하자 눈치를 살피던 리나가 물었다.

"혹시 제가 실수한 거라도 있나요?"

"아뇨. 저희 삼촌께서 낯을 좀 가리시는 것뿐이에요. 첫 만남에서는 자신의 영화에 대해 이야기하는 걸 조금 불편해하시죠."

"아! 몰랐어요."

지호는 빙그레 미소 지었다.

"괜찮아요. 프라다 씨의 동경이 불쾌한 사람은 없을 테니까요."

*　　　*　　　*

이지은은 저녁식사를 차렸다.

곧 식탁에 불고기와 김치찌개가 올라왔다.

"모두 식사하세요!"

그녀가 큰 소리로 외치며 종을 울려대자 이 층에서 세 사람이 내려왔다.

지호와 수열, 리나였다.

연기라는 공통 관심사가 있는 수열과 리나는 금방 친해졌다. 예비 예고생인 수열은 할리우드 스타인 리나를 여신 보듯 했다.

'역시 우월한 유전자야. 진짜 예쁘다.'

수열은 식탁에 앉아서도 리나의 작은 얼굴과 오목조목 아름다운 옆선에 눈을 떼지 못한 채 정신을 못 차렸다.

그들이 나란히 앉아 도란도란 이야기꽃을 피우는 사이, 서재현이 부엌에 들어와 앉았다.

"다들 어서 들자. 그나저나 넌 왜 그렇게 얼빠진 표정인 게야?"

일침을 맞은 수열이 황급히 고개를 돌리며 대답했다.

"아, 아니에요!"

"그만 봐라. 손님 얼굴 닳겠다."

그 말에 이지은이 눈을 흘겼다.

"당신도 참, 왜 그렇게 짓궂어요? 리나도 한국말 잘해서 다 알아 듣는다고요."

수열은 얼굴이 새빨개졌다.

그러자 리나는 못들은 척 활짝 웃으며 인사했다.

"우와! 음식이 정말 푸짐해요. 잘 먹겠습니다!"

식사가 시작되자 둘러앉은 식구들은 수저를 바삐 놀렸다.

특히 지호와 리나는 오늘 귀국했으므로 상당히 지치고 배고픈 상태였다.

그래서인지 리나는 연신 엄지를 치켜들며 이지은의 음식 솜씨를 극찬했다.

"너무 맛있어요!"

지호 역시 오랜만에 맛보는 따스한 집밥에 눈물이 핑 돌았다.

'역시 집 밥이 최고야.'

두 사람을 보며 절로 배가 부른 이지은이 물었다.

"리나. 당장에 묵을 곳은 정했어요?"

"아, 서울에 있는 호텔을 예약해 뒀어요!"

리나의 대답을 듣고 고개를 끄덕이던 이지은은 조심스럽게 제안했다.

"혹시 괜찮으면 오늘만 우리 집에서 묵지 않을래요? 한국에서의 첫날밤을 혼자 보내야 할 텐데, 그냥 보내기는 마음이 편치 않아서요."

"정말요?"

리나가 눈치를 살폈다.
그러자 묵묵히 식사를 하던 서재현도 동의했다.
"음, 일정에 차질만 없다면 우린 환영일세."
"리나 누나, 전 당연히 콜입니다!"
수열마저 흔쾌히 나오자 리나는 신나서 말했다.
"저야 감사하죠! 안 그래도 혼자 호텔 방에서 잠들기 무서웠는데……."
뜻밖에 반응에 놀란 지호가 목소리를 낮추며 물었다.
"지금쯤 경호원분들도 호텔에 도착해서 기다리고 계실 텐데, 괜찮겠어요?"
"연락해서 미리 얘기해 두면 괜찮을 거예요."
대수롭지 않게 대답한 리나가 식구들을 향해 고개를 꾸벅 숙였다.
"그럼 하루만 신세지겠습니다!"
식사를 마친 지호는 리나를 손님방에 안내해 주었다.
부지런한 이지은이 평소 빈방도 청소를 해둔 덕분에 방 안은 먼지 한 톨 보이지 않을 정도로 깨끗했다.
"여기서 주무시면 돼요. 아, 그리고 전 내일 아침 일찍 외출할 거예요. 대본 리딩 날짜가 잡히는 대로 따로 연락드리겠습니다."
리나가 화장기 없는 얼굴로 살짝 웃었다.

"네, 연락주세요. 참, 그리고 오늘 고마웠어요."

비행기에서 보았던 아찔한 미소!

그녀의 눈동자 속에 빨려 들어갈 것 같은 느낌이 든 지호는 황급히 시선을 돌리며 겸연쩍게 대답했다.

"천만에요. 그럼 조만간 또 뵙죠. 편안한 밤 되세요."

* * *

미리 양동휴 교수에게 연락을 해둔 지호는 이튿날 한국예술대학교로 갔다.

그가 새 학기 개강 전에 학교를 방문한 이유는 단순했다. 더 이상 정상적인 학교생활이 불가능하다고 판단했기 때문이다.

이러한 결심을 아는지 모르는지, 양동휴 교수는 자신을 찾아온 지호를 무척이나 반갑게 맞이해 줬다.

"오랜만이군요. 소식은 계속 들었습니다. 지호 학생이 우리나라를 빛내주었어요. 우리 학교 학생이 세계에서 인정을 받다니… 정말 기쁩니다. 베니스에 이어서 아카데미에서도 좋은 성적을 거둔 것, 축하해요."

"감사합니다, 교수님."

"음, 일단 자리에 앉아요."

지호에게 자리를 안내한 양동휴 교수는 오렌지 주스를 두 잔 내왔다.

"그나저나 아직 방학인데, 여기까지 무슨 일로 왔죠?"

"실은, 개강 전에 따로 드릴 말씀이 있어서 찾아왔습니다."

지호가 머뭇거리는 모습이 보이자, 양동휴 교수는 편안한 미소를 머금은 채 말했다.

"개의치 말고 편하게 말해보세요."

마침내, 지호가 어렵사리 운을 뗐다.

"교수님. 저… 학교를 그만둬야 될 것 같습니다."

"흐음. 역시 그 부분에 대해 생각하고 있었군요."

뜻밖에도 양동휴 교수는 놀라지 않았다.

그는 어느 정도 예상하고 있었던 것처럼 침착하게 한 가지 제안을 했다.

"굳이 먼저 언급하진 않았지만, 학교 측에서도 향후 지호 학생의 행방을 두고 많은 이야기들이 오갔습니다. 엄연히 세계 무대에서 활동하고 있는 사람을 학교란 울타리 내에 가둬 둘 수만은 없는 노릇이니까요."

지호가 잠자코 듣고 있자 그는 말을 이었다.

"하지만 꼭 중퇴라는 방법만 있는 건 아닙니다. 전례 없는 일이긴 하지만 본교에서도 이런 경우를 대비해 대안을 모색해 봤어요. 만약 지호 학생이 동의한다면, 학점과 관계없이 학사

과정을 종료하는 방법도 있습니다. 이렇게 됐을 때, 학교 측에서는 재학 중 업적이 현저한 점을 감안해 명예교수로 추대할 예정이고요."

생각지도 못한 파격적인 제안을 들은 지호는 순간 당황했다.

'조기 졸업도 모자라 명예교수라니…….'

학위를 얻고 미래의 안정적인 기반까지 마련하는 셈이니, 그로서도 나쁠 것 없는 제안이었다.

그럼에도 지호는 차분하게 물어보았다.

"혹시 어떤 조건부가 붙는 건가요?"

"음, 글쎄요. 학교 측에서는 지호 학생이 재학생이었고, 지금은 명예교수로 자리하고 있다는 사실을 공공연히 알리겠지요. 그 외에는 학교 측의 강연 요청 정도만 감안해 주면 될 것 같군요."

양동휴 교수의 친절한 답변을 접수한 지호가 다시금 질문했다.

"한국예대는 특혜를 철저히 금한다고 들었는데, 왜 제게만 이런 제안을 해주시는 건지 알 수 있을까요?"

입을 다물고 잠시 생각을 정리한 양동휴 교수는 청산유수로 대답했다.

"제법 날카로운 질문이군요. 본교가 특혜를 금하는 이유는 규정이 한 번 깨지면 앞으로도 계속 특혜를 유발시킬 수 있다고 여기기 때문입니다. 특혜가 반복되면 본교의 위신은 땅에 떨어진 채 우스워지겠지요. 하지만 전무후무한 경우에는 그런 걱정을 할 필요가 없습니다. 가령 지호 학생 같은 경우죠. 누가 또 재학 중 베니스 황금사자상과 아카데미 각본상을 받아올 수 있겠습니까?"

하긴, 지호 같은 케이스는 한국예술대학교 설립 이래 30여 년 동안 전례 없던 일이었다.

제아무리 향후 한국 영화 시장의 영역이 넓어진다 하더라도 다시없을 사건이 분명했다.

아니, 이는 영국국립영화학교(NFTS)를 포함해 전 세계 최고의 영화 학교들에서도 벌어진 적 없는 사건이었다.

오히려 세계 무대에서 천재 영화감독으로 이름을 알린 지호를 이대로 방치하거나 순순히 중퇴시킨다면 세계 영화 학교들의 비웃음을 살 일인 것이다.

"신중하게 고민해 보고 결정해서 연락을 주세요."

양동휴 교수는 재촉하지 않고 시간을 주었다.

지호 역시 즉흥적으로 자리에서 결정을 하는 대신 고개를 숙여 고마운 마음을 전했다.

"늘 같이 고민해 주시고 신경 써주셔서 감사합니다. 말씀해 주신 대로 신중히 생각해 보고 연락드리도록 하겠습니다."

*　*　*

면담을 마치고 한국예술대학교를 나선 지호는 교문 앞에서 대기하고 있던 호텔 리무진을 타고 삼성동 인터컨티넨탈 호텔 스카이라운지로 갔다. 새로운 작품 스태프, 배우들과 미팅이 있었기 때문이다.

그는 차로 이동하는 동안 지혜에게 먼저 연락했다.

—신지호! 오랜만이네.

"네, 누나. 잘 지내셨죠?"

빙그레 웃은 지호가 말을 이었다.

"그동안 여러 국내외 단편 영화제에서 수상하셨다는 소식 들었어요. 다시 한 번 축하드려요."

—너도 바빴을 텐데 수상할 때마다 편지랑 축하 선물 보내줘서 고마워. 나도 네 소식은 줄곧 듣고 있었어! 이제 진짜 세계적으로 유명한 감독님이 됐더라?

"상복이 따라줬죠. 그나저나, 오늘 누나도 오시는 거 맞죠?"

—응. 안 그래도 지금 팀원들이랑 호텔로 가는 길이야. 그런데 이번 작품은 왜 이리 극비 프로젝트야? 배우들 명단도 안 알려주고. 맞다! 그리고 네가 리나 프라다랑 귀국했다는 소식

듣고 얼마나 놀란 줄 알아?

"하하, 그건 오늘 다 설명해 드릴게요. 그럼 이따 봬요, 누나."

―흐음… 그래, 알겠어.

지혜와의 통화를 끝낸 지호가 우드 파이슨에게 연락을 했다.

곧이어 밝은 음성이 들려왔다.

―오! 마이 보스! 아카데미 시상식은 생중계로 봤습니다! 바쁘실 것 같아서 축하 전화는 안 하고 문자만 했어요.

"하하. 감사해요, 우드. 그간 어떻게 지내셨어요?"

―네, 뭐 그냥 아주 잘 지냈습니다. 저 지금 호텔로 가는 중이에요. 심장이 얼마나 두근거리는지!

우드는 여전히 '신기방기'의 고정 재연배우 생활을 하고 있었지만, 〈블랙 우드〉 촬영 후 연기력 향상에 주안점을 두고 노력해 왔다. 따라서 현재에는 꽤 많은 발전을 이룬 상태였다.

반면 지호는 관객에게 익숙하지 않은 배우들이 필요했기에 우드가 적격이었다.

"캐릭터 분석은 해봤나요?"

―네, 굉장히 영웅심 넘치고 화끈한 성격의 캐릭터더군요! 하하핫!

"역시 잘 짚어내셨네요. 그럼 이따 뵙겠습니다."

통화를 마친 지호는 이번엔 유나에게 전화를 걸었다.

운전 중인지, 그녀의 목소리에서 거리감이 느껴졌다.

—이제 막 호텔 주차장 들어가고 있는데 딱 전화를 주시네요? 신지호 감독님.

"저도 곧 도착해요. 그나저나 누나, 식사는 하고 오는 길이세요?"

두 사람은 그래도 종종 연락을 주고받던 상태였다. 그런데 평소의 화기애애한 목소리완 달리, 오늘의 유나는 조금 토라져 있었다.

—아까 아침에만 한 끼 먹었어요. 요새 다이어트한다고 얘기했었는데, 그새 까먹었나 보네요?

"하하. 또 제가 누나한테 뭘 잘못했나 보네요."

—뭐, 꼭 그런 건 아니지만… 리나 프라다랑 보란 듯이 입국했더라고요. 스캔들 펑펑 터뜨리면서!

"에? 스캔들이요? 그런 얘긴 없던데……."

—영화계 뒷소문이 무성해요!

유나의 주장은 억지였다.

밑 닦기 딱 좋은 몇몇 삼류 소식지에서 가십 삼아 지호와 리나의 루머를 지어내기도 했지만, 언급할 가치도 없는 이야기들이었다.

대부분 매체들은 지호가 연출하는 영화에 리나가 출연을 결정했다는 사실만 갖고 보도를 했다. 당연한 얘기지만, 언론은 국민의 사랑을 독차지하고 있는 지호에게 호의적이었다.

그럼에도 지호는 굳이 따지지 않았다.

"누나, 일단 지금 저도 거의 다 왔으니까 만나서 얘기해요."

—…알겠어요.

유나는 자신이 과했다 싶었는지, 제풀에 누그러진 목소리로 대답했다.

지호가 쓸데없이 맞서지 않았기에 얻을 수 있는 결론이었다. 그는 어느새 유나를 상대하는 방법을 터득해 나가고 있었다.

"고생하셨습니다. 조심히 들어가세요."

운전기사에게 팁을 주고 리무진에서 내린 지호는 시계를 보았다.

'지금쯤이면 관계자들도 모두 도착했겠어.'

그는 곧장 스카이라운지로 올라갔다.

라운지 입구에는 '한밤의 왈츠'라는 영화 제목이 붙어 있었다. 그 문구를 빤히 바라보던 지호가 피식 웃으며 문을 열어젖혔다.

그러자 관계자들과 배우들이 앉아 있는 모습이 눈에 들어왔다.

"모두 반갑습니다!"

지호가 인사를 하자 배우들이 저마다 한마디씩 했다.

"세상에, 이게 얼마만이야? 더 잘생겨졌네!"

"보스! 하핫, 이렇게 불러주셔서 감사해요!"

"…오랜만이네."

그때 미리 도착해 있던 제임스 페터젠이 빙그레 웃으며 옆 사람을 소개해 주었다.

"이번 작품을 함께하게 돼서 영광입니다. 이쪽은 영화사 파라마운트의 대표로 참석하신 제리 스타글리츠 씨입니다."

"반갑습니다."

지호가 악수를 청하자 제리 스타글리츠는 덥석 두 손으로 맞잡으며 대답했다.

"신지호 감독님, 한국에 오기 직전 감독님의 전작인 〈투데이〉가 개봉해서 보고 왔습니다. 비행기에서부터 어찌나 설레던지… 얼마나 뵙고 싶었는지 모릅니다. 저희는 〈투데이〉 때 계약하셨던 워너 브라더스, 유니버설 스튜디오보다 훨씬 안락하게 모시겠습니다."

극진한 대접에 오히려 지호가 당황했다.

"하하, 관심 가져주셔서 감사합니다."

난색을 표하는 그를 흥미롭게 지켜보던 제임스는 은근슬쩍 말을 걸며 상황을 해소시켜 주었다.

"감독님, 영문도 모르고 모인 사람들에게 영화 소개부터 해 주시죠."

"알겠습니다."

지호는 평소 초청 가수들이 공연을 하는 실내 무대 위에 올라가 마이크를 잡고 입을 열었다.

"모두 기꺼이 참석해 주셔서 감사합니다. 영화에 대한 소개를 하기 전에 각별히 부탁드릴 부분이 있습니다. 이번 영화의 촬영이 끝나기 전까지, 가족에게조차 영화에 대한 이야기는 일절 함구해 주셨으면 한다는 점입니다."

대부분 반전이 큰 영화들이 끼고 들어가는 부분이었기에 배우들은 별 반발 없이 고개를 끄덕였다.

한 사람, 한 사람의 면면을 모두 일별한 지호는 말을 이었다.

"좋습니다. 그럼 모두가 승낙하신 걸로 알고, 제대로 설명을 시작해 보도록 하죠. 일단 저 문 앞에 붙어 있는 로맨스 영화 〈한밤의 왈츠〉는 위장용 장르와 제목일 뿐이며 실제 여러분이 촬영에 임할 영화의 제목은 〈새벽〉, 장르는 공포 스릴러입니다."

장내가 술렁였다.

스태프와 배우들은 지금껏 캐릭터에 대한 정보 말고는 아무런 정보가 없었다.

따라서 그들은 캐릭터마다의 사연을 읽어보며 로맨스일 거라고 지레짐작하고 있던 것이다.

그 혼란을 즐기듯 빙그레 웃은 지호가 다시 입을 열었다.

"또한 대본 리딩을 생략할 계획입니다. 여러분은 자신이 맡은 캐릭터의 운명을 모른 채 촬영에 임할 거예요. 이를 위해 캐릭터의 성향을 미리 보내드렸던 거고요. 당일 촬영할 대본은 당일에 배부하고, 80분짜리 페이크 다큐로 찍을 생각입니다."

"페이크 다큐로요?"

제임스 페터젠이 화들짝 놀라 물었다.

페이크 다큐멘터리(fake documentary)는 허구의 상황을 실제 상황처럼 가공해 촬영하는 사실주의 기법이었다. 말은 듣기 좋지만, 실제로 적용했을 때 흥행 성공률이 저조한 기법이었다.

같은 생각을 한 파라마운트의 제리 스타글리츠는 걱정스러운 표정으로 물었다.

"감독님, 그건 너무 큰 도박 아닌가요?"

지호는 고개를 저었다.

"이제부터 상세한 계획을 설명해 드리겠습니다."

그는 호텔 측에 부탁해 미리 준비해 둔 빔 프로젝터를 통해 프레젠테이션을 시작했다.

"먼저 기술적인 부분을 소개하겠습니다. 〈새벽〉의 대부분 장면들은 여기 보이는 파나소닉 HVX200 프로슈머 DV 카메라로 촬영할 계획입니다. 또한 시각 효과는 톰슨 글래스 발레 바이퍼 필름스트림 DV 카메라, 도시의 효과 장면들은 소니 F23DV카메라로 촬영할 예정입니다."

배우들은 무슨 말인지 알아듣지 못했지만, 프로듀서인 제임스 페터젠과 제리 스타글리츠는 고개를 주억거리고 있었다.

페이크 다큐 촬영에 적합한 카메라 기종을 소개한 지호는 화면을 넘기며 촬영에 대한 전반적인 부분들을 열거했다.

"촬영 일정은 극 진행 순서에 따라 촬영할 계획입니다. 이는 배우들이 앞으로 벌어질 상황을 알지 못한 채 몰입할 수 있도록 돕기 위해서죠. 뿐만 아니라, 몇몇 장면은 암전 상태로 적외선 카메라를 동원해 촬영함으로 실제로 무슨 일이 벌어지고 있는지 배우들이 모르게 진행할 겁니다."

이때까진 배우들의 표정이 좋지 않았다.

지혜는 짓궂게 웃으며 유나를 놀렸다.

"완전 극기 훈련 받는 기분이겠는데?"

"조용히 좀 해줄래요, 언니?"

그녀는 입술을 깨물었다. 무서운 분위기를 좀처럼 이겨내지 못하는 성격 탓이다.

그 순간 유나의 표정을 읽은 지호가 덧붙였다.

"…심약한 분들도 너무 걱정할 필요는 없습니다. 배우의 성향에 따라 캐릭터의 운명과 동선을 짤 생각이니까요."

이번에는 제임스 페터젠이 물었다.

"로케이션 헌팅은 어떻게 할 생각입니까?"

"세트 촬영 없이 모든 촬영은 실제 장소에서 진행할 계획입니다. 또한 핸드헬드(Handheld) 기법을 쓰는 반면 안정적으로 카메라를 움직일 겁니다. 어지러운 카메라 워킹으로 현실감을 부여하기보다 촬영 분위기 자체에 현실감을 입히는 거죠. 장점은 그대로 가져가되 단점은 최소화할 생각입니다."

"다 좋습니다. 다 좋은데……."

제리 스타글리츠는 눈으로 누군가를 찾으며 물었다.

"리나 프라다 씨와 함께 귀국했다고 들었는데, 프라다 씨는 어디 있는 거죠? 그녀가 주연 아니었습니까?"

그에 지호가 어색하게 웃었다.

"리나 프라다를 당연하게 주연으로 생각하셨다면, 제 의도가 통한 것 같네요."

모두가 예상치 못한 대답을 내놓은 그가 잠깐의 텀을 두고 말을 이었다.

"우린 등장인물에 리나의 이름을 올릴 테고, 관객들은 그녀가 주연이라고 생각하겠지만… 그녀는 사실 카메오입니다."

Chapter 6
관객과 밀당을 하는 나

영화 관계자들과 스태프, 배우들에게 영화에 대해 설명한 지호는 질문을 받았다.

질의응답 중에는 대답해 줄 수 없는 부분도 포함돼 있었다.

자신이 공개할 수 있는 선에서 최대한 성의껏 Q·A 시간을 가진 지호는 끝맺음을 했다.

"오늘 이 자리를 주선한 까닭은 크랭크인에 앞서 영화 관계자 분들과 스태프, 배우들 간의 화합을 도모하기 위해서입니다. 모두들 맛있게 드시고 즐거운 시간되시길 바랍니다."

이후 무대에서 내려온 그는 배우들이 앉은 테이블에 자리를 잡았다.

그러자 주위를 둘러보던 우드가 물었다.

“보스! 이런 자리는 사비로 마련한 건가요?”

빙그레 웃은 지호가 고개를 저었다.

“당연히 영화사의 지원을 받았죠.”

그때였다. 파라마운트사의 제리 스타글리츠가 지호에게 다가오더니 목소리를 낮추고 말했다.

“감독님. 잠시 대화 좀 나눌 수 있을까요?”

“아, 물론이죠.”

이어 지호는 배우들에게 양해를 구했다.

“잠시 실례하겠습니다.”

무언가 말을 걸려던 유나가 입을 도로 닫았다. 불편한 자리에서 지호마저 자신을 신경 써줄 겨를이 없자 소외감이 든 것이다.

‘조건도 안 따지고 무조건 달려왔는데…….’

내심 섭섭했다. 그러나 배우들의 대화를 듣고 있자니 그녀만 조건 불문하고 달려온 길이 아닌 것 같았다.

다들 지호 한 명만 보고 출연을 결정한 상황이라 생색내기도 뭐했다.

“휴.”

입맛을 잃고 포크를 깨작거리는 유나를 의식하지 못한 채, 지호는 제리 스타글라츠와 아무도 없는 복도로 나왔다.

"은밀하게 이야기해야 할 사안인가 보네요."

지호가 묻자 제리 스타글라츠는 어렵사리 운을 뗐다.

"그게 사실은… 3편에 걸친 시리즈 모두 박스오피스 1위에 올랐던 〈스펙터클 어드벤처〉 제작사에서 신지호 감독님께 속편 연출 의뢰가 들어왔습니다."

"네?"

지호는 당황했다.

〈스펙터클 어드벤처〉라면 그 역시 어려서부터 봤었던 명작 시리즈였다.

오죽하면 세 편 연달아 전편의 기록을 갈아치우는 기염을 토했다.

'1편만 한 속편 없다'는 할리우드의 격언을 깨부순 이례적인 작품인 것이다.

"그런 명작의 속편 연출을 신인감독인 제게 의뢰했다고요?"

"예. 기존 세 편을 연출한 감독 윌리엄 밀스는 이미 고인이 되셨으니 젊고 유능한 감독에게 맡겨서 앞으로 계속 속편을 제작할 의도겠죠. 윌리엄 밀스가 창조한 〈스펙터클 어드벤처〉의 세계관 자체가 끝이 없으니까요. 실제로 미국 미시간 주의 작은 포르노 영화사였던 미시간빅픽처스가 할리우드로 진출할 수 있었던 것도 모두 〈스펙터클 어드벤처〉 시리즈 덕분이었으니, 이 작품을 전도유망한 감독에게 맡기려는 것도 납득이 갑니다."

미시간빅픽처스는 〈스펙터클 어드벤처〉의 각본과 연출을 맡은 윌리엄 밀스가 무명이던 시절, 무모한 투자를 감행한 유일한 영화사였다.

그 덕분에 미시간빅픽처스는 비좁은 개천을 벗어나 대양을 지배할 수 있게 됐다.

윌리엄 밀스가 없는 지금, 각본만으로 전 세계를 떠들썩하게 만들었던 지호는 놓칠 수 없는 인재인 것이다.

지호로서는 영광스러운 일이었지만 상황이 조금 난감했다.

"너무 아쉽지만 현재 영화 제작을 앞두고 있는 상황에서 급작스럽게 〈스펙터클 어드벤처〉의 연출까지 맡기는 힘들 것 같습니다."

"그래서 이렇게 감독님께 말씀을 드리는 겁니다."

제리 스타글라츠는 어조에 힘을 실으며 덧붙였다.

"잘 아시다시피 공포 스릴러 장르에는 한계가 존재합니다. 아예 멀리하는 관객들도 많죠. 더군다나 한국 영화라면 그 한계는 더 뚜렷해집니다."

"예? 그 말씀은… 지금 진행하고 있는 작품을 무한정 보류하고 〈스펙터클 어드벤처〉의 연출을 맡으라는 말씀인가요?"

제리 스타글라츠가 고개를 끄덕였다.

"그렇습니다. 저희는 오로지 신지호 감독님만 믿고 투자를 결정한 겁니다. 신지호 감독님의 어떤 작품에도 투자할 의향이 있지만, 이건 스케일의 차이가 너무 큽니다. 아직 본격적으로 진행된 사항도 없지 않습니까? 그러니까 이쯤에서 접어두시고, 〈스펙터클 어드벤처〉의 연출을 맡아주시죠."

그의 설득에 틀린 구석은 없었다. 한마디도 상식에서 어긋나지 않았다. 대부분의 감독들은 이런 상황에서 〈스펙터클 어드벤처〉를 선택할 것이다.

그러나 지호의 사고방식은 조금 달랐다.

"스타글라츠 씨. 제안을 받은 건 영광입니다만 사양해야 할 것 같습니다."

"아니, 대체 어떤 이유면 이처럼 귀한 기회를 눈앞에서 놓칠 수 있는 겁니까?"

"스타글라츠 씨도 저를 믿고 제안해 주셨지만, 스태프와 배우들 모두 저만 보고 이곳에 왔습니다. 전 그들에게서 등을 돌릴 수 없습니다. 이건 〈스펙터클 어드벤처〉가 아니라 어떤 작품이라도 마찬가지입니다."

단호하게 대답한 지호가 미소를 보였다.

"다들 기다릴 텐데 이만 들어가시죠."

그가 자리를 떠나자 제리 스타글라츠는 고개를 절레절레 저었다.

"이 좋은 기회를 제 발로 차버리다니… 아!"

그는 말하다 말고 화들짝 놀랐다. 순간 모퉁이 너머에서 한 사람이 모습을 드러낸 것이다.

그는 바로 제임스 페터젠이었다.

"스타글라츠 씨, 죄송합니다. 엿들으려 한 건 아니었는데, 우연히 듣게 됐습니다."

"아닙니다. 조금 놀라긴 했지만……."

제리 스타글라츠가 멀떠름하게 말끝을 흐렸다.

그를 빤히 바라보던 제임스 페터젠은 잠시 망설이던 끝에 입을 열었다.

"저는 신지호 감독님이 자신을 위한 결정을 내렸다고 생각합니다."

"미시간빅픽쳐스에선 우리 파라마운트와 네러티브 제작사에도 포함된 계약을 제시했습니다. 상당히 이례적인 일이죠. 그만큼 신지호 감독님을 탐내고 있다는 뜻입니다. 의리도 좋고 신의도 좋지만, 영화 산업은 철저한 이익에 의해 움직이지요. 중요한 건 자신이 잘돼야 남을 끌어줄 수도 있다는 겁니다."

누구나 아는 사실을 줄줄이 나열한 제리 스타글라츠는 아쉬운 투로 말을 이었다.

"페터젠 씨. 페터젠 씨도 〈스펙터클 어드벤처〉가 어떤 작품인지 잘 아시지 않습니까? 첫 단추만 잘 꿴다면 할리우드에서 줄줄이 흥행이 보증되는 대표작을 맡게 되는 겁니다. 조스 웨던(Joss Whedon)에게 〈어벤져스〉 시리즈를 이어받은 루소 형제(Anthony Russo, Joe Russo)나, 팀 버튼(Tim Burton)의 〈배트맨〉을 재탄생시킨 크리스토퍼 놀란(Christophoer Nolan)처럼 말이죠."

"때로는 가시밭길을 선택해야 할 때도 있는 법이죠."

제임스 페터젠이 살짝 웃으며 부연했다.

"하지만 너무 걱정 마십시오. 그는 앞으로 〈스펙터클 어드벤처〉에 뒤지지 않는 영화들을 만들어낼 겁니다."

"부디 그랬으면 좋겠군요."

뼈 있는 말투로 대답한 제리 스타글라츠는 내심 생각했다.

'고작 공포 스릴러를 한 편 만들겠다고 할리우드 대작 〈스펙터클 어드벤처〉 시리즈의 속편을 거절하는 신인감독이 있을 줄이야.'

그는 나직이 한숨을 내쉬며 지호가 떠난 방향을 바라보았다.

* * *

제안을 대차게 거절한 지호는 자리로 돌아갔다. 식사를 하며 대화를 나누던 그는 불현듯 손목시계를 확인하더니 배우들에게 양해를 구했다.

"실례지만 먼저 일어나야 할 것 같습니다."

"보스. 엄청 바쁘군요! 바쁜 건 좋은 일이 많다는 뜻이겠죠? 하핫."

우드 파이슨은 홍겹게 말했지만 유나는 마음에 들지 않았다.

'뭐야, 벌써 간다고?'

그녀는 퉁명스럽게 답했다.

"바쁘면 먼저 가야지, 어쩌겠어요?"

"하하……."

어색하게 웃은 지호가 차분하게 말했다.

"바쁜 척하려는 건 아닌데 오랜만에 한국에 들어왔더니 할 일이 밀려 있네요. 양해 부탁드립니다."

유나 역시 정중한 태도에 대고 불만을 토로할 수는 없는 노릇이었다.

그때 마침 지호의 휴대폰 벨이 울렸다. 모두의 양해를 구한 그는 스카이라운지를 나서며 전화를 받았다.

"여보세요?"

—신지호 감독님 맞으시죠? 호텔 1층에 도착했습니다.

"네, 지금 바로 나가겠습니다."

지호는 엘리베이터를 타고 1층으로 내려갔다.

호텔 앞에는 한 대의 정부 차량이 대기하고 있었다.

검은 정장을 입은 남자가 뒷좌석 문을 열며 물었다.

"반갑습니다. 신지호 감독님 되십니까?"

"네, 제가 신지호입니다."

그러자 남자는 목에 걸고 있는 신분증을 보여주었다.

"국무총리실에서 나왔습니다. 오늘 총리님과 오찬 일정이 있으시죠?"

"네."

지호는 호텔 스카이라운지 뷔페에서 아침 식사를 마치고 잔뜩 부른 배를 만지작거리며 뒷좌석에 올랐다.

곧이어 운전석에 앉은 남자가 차를 몰았다.

'무슨, 영화의 한 장면 같네.'

내심 생각한 지호는 백미러에 비친 남자의 얼굴을 훔쳐보았다.

그는 영화에서 등장하는 정부의 비밀 요원같이 근엄한 표정을 지은 채 운전대를 잡고 있었다.

지호가 잠시 이런저런 망상을 하는 사이, 그들은 두 시간

가까이 걸려 세종시의 국무총리실 앞에 도착했다.

"이제부터 저를 따라오시면 됩니다."

남자는 그를 총리실로 안내했다. 그리고 잠시 후, 지호는 국무총리와 마주앉았다.

간단한 악수를 나눈 문성준 총리가 먼저 입을 열었다.

"허허, 얼마나 자랑스러운지 모릅니다. 신지호 감독님이 우리 대한민국을 빛내주었어요."

"하하, 과찬이십니다."

"영화는 문화생활을 즐기는 현대인들에게 큰 영향력을 지니고 있지요. 나 역시 영화를 즐겨 봅니다. 그래서 더더욱, 훈장 수여식 전에 신지호 감독을 따로 한 번 만나보고 싶었어요."

"아, 그렇군요."

"그래요. 신지호 감독은 이미 국제사회에 영향력을 끼치는 사람이 되었습니다. 이제 앞으로 어떤 영화를 만들고자 하는지 궁금하군요."

지호는 잠시 고민하더니 대답했다.

"일단 차기작에 전념할 생각입니다."

"차기작이라. 어떤 작품입니까?"

"실은, 영화의 모든 부분을 철저히 비밀리에 진행하고 있습니다."

그 말에 문성준의 표정이 미세하게 흔들렸다. 착각이라는 생각이 들 만큼 찰나에 스쳐간 변화였다. 그는 이내 아무렇지 않게 물었다.

"하하, 굳이 비밀로 해야 하는 이유가 있습니까?"

"음. 관객들의 의표를 찌르기 위해서죠."

"관객들의 의표를 찌른다. 그것 참 재미있군요."

문성준은 물을 한 모금 마셨다.

순간 비서실장이 총리실 문을 열고 들어왔다.

그는 포장이 예쁘게 된 도시락을 두 묶음을 탁자 위에 내려놨다.

"고마워요."

그녀에게 인사한 문성준이 지호에게 말했다.

"업무로 바쁘다 보니 종종 도시락으로 해결하곤 합니다. 간단한 식사라도 괜찮죠?"

"아, 물론입니다."

지호는 의외였다.

'국무총리 점심치곤 생각했던 것보다 검소하네.'

그때 문성준이 대화를 이어갔다.

"편하게 대화 나누며 밥 먹읍시다. 하하. 그건 그렇고… 영화 내용을 제게만 살짝 알려주면 안 되겠습니까? 궁금한 건 도저히 못 참아서 말입니다. 비밀은 꼭 지키지요."

문성준이 집요하게 캐묻자 지호는 더 이상 숨기기가 난감했다.

한 나라의 국무총리가 굳이 약속을 어기고 영화 내용이나 소문내고 다닐 리 없었기 때문이다.

"음, 일단 장르는 공포 스릴러입니다."

마침내 대답한 지호가 말을 이었다.

"폐쇄된 건물에서 벌어지는 사건을 다룬 좀비 영화예요. 소소한 반전이나 결말을 말씀드리면 재미없으실 수도 있으니, 직접 보시는 편이 좋을 것 같습니다."

"하하, 꼭 보도록 하지요."

문성준은 기분 좋게 웃으며 제안했다.

"정부 차원에서 지원하는 영화들이 있는 건 알고 있지요? 대부분은 자국을 빛내주거나 계몽적인 영화들을 지원하지만… 신지호 감독은 그 존재만으로도 우리나라를 빛내주는 사람이니, 두 발 벗고 지원토록 하겠습니다."

파격적인 처우였다.

영화제작에 앞서 가장 좋은 투자처는 정부였다. 그러나 워낙 절차가 까다롭고 성사되기 힘들어 대부분 욕심내지 않는다.

그런데 지호에게는 이 좋은 기회가 굴러들어온 것이다.

'지속적으로 내 영화에 투자해 주겠다는 건가?'

그가 묻거나 대답할 겨를도 없이, 때마침 문성준이 덧붙였다.

"당연한 말이지만, 지원을 받기 전에는 필요한 절차들이 있습니다. 최대한 약식으로 처리하겠지만 기본적인 투자 제안서 양식은 제출해야 할 거예요. 가령 영화 내용이나 제작 계획이 적힌 의례적인 문서 말입니다."

대한민국 정부의 지원이라는 막강한 카드를 가진 문성준은 자신의 호의가 거절당할 가능성을 배제하고 있었다.

그러나 지호로서는 부담 가는 제안 이상도, 이하도 아니었다.

"정말 감사하지만……."

운을 뗀 그가 말을 이었다.

"총리님의 제안을 사양해야 할 것 같습니다."

"음? 뭐라고요?"

뜻밖에 대답을 들은 문성준은 젓가락질을 멈췄다.

이어 시선을 맞춘 지호가 천천히 입을 열었다.

"저도 너무 아쉽지만, 이번 영화의 투자자들과 제작 예산이 모두 확보된 상태라 더 이상의 추가 예산이 필요치 않습니다."

"허, 제작도 들어가기 전에 충분한 제작비를 거두어 들였단 말입니까?"

나직이 감탄한 문성준이 엄지를 세웠다.

"역시 명불허전입니다. 하하하."

"전 아직 신인에 불과한 걸요. 감사한 분들이 많습니다."

지호가 공손하게 대답했다.

그 모습에 문성준이 흡족하게 미소 지었다.

"겸손하군요. 인격과 능력을 동시에 갖췄어요."

그는 한 호흡 틈을 두고 말을 이었다.

"이토록 유능한 인재가 날개를 달았다니 내 일처럼 기쁩니다. 허면 이번 작품은 어쩔 수 없을 테고… 다음 작품은 정부의 투자를 받을 수 있는 건가요?"

막 대답하려던 지호는 일순 멈췄다. 문성준의 제안이 칼날을 숨겨둔 달콤한 솜사탕 같았기 때문이다.

'이럴 때일수록 더 신중하게 결정하자.'

생각을 정리한 그는 식사를 멈추고 똑 부러지는 목소리로 대답했다.

"총리님. 저 같은 신인감독에게 과분한 제안을 해주셔서 감사합니다. 하지만 정부의 호의를 선뜻 받아들이기에는 제 스스로 부족한 점이 많은 것 같습니다. 아직은 부담 없이 천천히 배워나가고 싶습니다."

문성준은 미간을 찌푸렸다.

'정부의 지원을 거절해 버리다니… 쉽지가 않군.'

생각지도 못한 일이 벌어지고 있었다. 지원을 해주겠다고 두 번이나 제안을 했는데 연거푸 거절을 당했다.

"우린 감독님의 현재 업적을 높이 사서 지원하는 것뿐이에요. 성과에 대한 부담은 버려도 된다, 이겁니다."

국무총리의 삼고초려다.

지호도 더는 거절하지 못하고 마지못해 대답했다.

"그럼 이번 영화를 마친 뒤 새로운 작품에 들어가게 되면 그때 다시 말씀드리겠습니다."

고개를 끄덕인 문성준이 슬쩍 날을 세웠다.

"좋은 생각입니다. 그리고 첨언 한마디 하자면, 과유불급이란 말이 있어요. 겸손한 건 좋지만 과하면 병이 될 수 있습니다. 호의를 베푼 건데 오히려 부탁하는 지경이 돼서야 받아들여지니 좀 찝찝하군요."

이쯤 되면 강요에 가깝다.

지호는 총리실 의자가 마치 가시방석 같았다.

'왜 내게 이렇게까지 하는 걸까?'

의문을 품는 순간 문성준이 크게 웃었다.

"하하하! 농담입니다, 농담. 역시 감독님이라 그런지 감수성이 풍부하군요. 정부는 미래에 거장이 될 신지호 감독님에게 전폭적인 지원을 하겠다고 밝힌 것뿐, 선택은 감독님 몫입니다. 전혀 불편하게 여길 필요 없어요!"

반면 지호는 본능적으로 느꼈다.

'이 사람, 지금 거짓말을 하고 있어.'

국무총리가 아무 이유 없이 호의를 강요할 리 없다. 체면을 생각해서라도 짓궂은 농담으로 겁을 줄 리 없다.

'분명 이유가 있을 거야.'

지호는 확신했지만 대놓고 물을 수 없었다.

"좋게 봐주셔서 감사합니다. 총리님."

그 뒤에도 두 사람은 두런두런 이야길 나눴지만 더 이상 중요한 내용은 없었다. 문성준은 정부 지원에 대한 이야기를 일절 꺼내지 않았고, 지호는 시시한 질문들에 꼬박꼬박 대답했다.

마침내 오찬 시간이 끝나자 문성준이 악수를 청했다.

"오늘 만나서 반가웠습니다. 조만간 훈장 수여식 때 봅시다."

그 손을 맞잡은 지호가 답례했다.

"뵙게 되어 영광이었습니다."

* * *

며칠 후 첫 촬영 날.

해가 떨어지기 무섭게 곳곳이 그을린 건물 앞으로 사람들이 모여들었다. 스태프들, 배우들, 그리고 지호였다.

"자, 잠시 후 촬영 들어가겠습니다."

촬영이 코앞인데도 불구하고 스태프들과 배우들은 수군대며 모여 있었다.

모든 스태프들과 배우들이 리나 프라다를 중심으로 둘러선 채 싸인을 받고 있었던 것이다.

'이건 예상치 못했던 상황인데.'

지호는 당황하지 않고 느긋하게 기다려 주었다. 그리고 어느 정도 지난 후, 지호가 입을 열었다.

"세부적인 내용에 관한 설명을 좀 드리겠습니다."

시선이 주목되자 그가 말을 이어나갔다.

"페이크 다큐는 1인칭 시점으로 진행됩니다. 따라서 때때로 배우가 직접 카메라를 들고 찍어야 하는 상황도 발생할 겁니다."

배우들은 고개를 끄덕였다.

다음으로 지호가 건물을 가리켰다.

"앞으로 촬영이 진행될 저 건물은 총 12층입니다. 그리고 지금 건물 안에는 좀비 삼백 명이 여러분을 기다리고 있습니다. 이 점을 유의해 주시고, 일일대본과 콘티를 확인한 뒤 촬영에 임해주시면 됩니다."

그때 리나가 손을 번쩍 들고 물었다.

"감독님, 리허설은 안 하나요?"

"네. 시간 관계상 바로 촬영에 들어갈 예정입니다."

대수롭지 않게 답한 지호는 시계를 보았다.

"극 순서대로 촬영할 계획입니다. 리나 프라다 씨가 먼저 건물 안으로 들어가고, 나머지 배우들은 이십 분 후에 진입하시면 됩니다."

이내 스태프들이 준비를 마쳤다.

아무리 촬영이라도 을씨년스러운 건물 안에 혼자 들어가는 일은 대단한 담력을 요구했다.

그럼에도 리나는 눈썹 하나 까딱하지 않고 흥미진진한 표정으로 건물 안에 진입했다. 카메라맨이 그녀의 뒤로 따라붙었다.

건물을 올려다보던 지혜가 옆에서 말을 걸어왔다.

"캐릭터의 운명은 배역을 연기하는 배우 본인밖에 모르고, 그마저도 당일에 대본을 받는다. 굉장히 참신한 아이디어긴 한데… 이 방법이 정말 효과 있을까?"

"아직은 모르죠. 하지만 곧 확인하게 되실 거예요."

지호는 애매하게 대답했지만 표정에서 이미 자신감을 내비쳤다.

그를 보며 피식 웃은 지혜가 말했다.

"하긴. 좀비들이 중복되지 않게 삼백 명이나 섭외하고, 몸이 유연해야 괴기스러운 모습을 보여줄 수 있다면서 모조리 댄서로 채워 버렸는데… 촬영 방식이라고 평범할 리 있겠어?"

그녀 말대로 지호는 세밀한 부분에도 신경을 썼다.

모두 사실적인 연출을 위한 초석이었다.

그사이, 시간을 재던 지호가 지시를 내렸다.

"이제 나머지 배우들도 건물 안으로 진입해 주세요."

배우들이 건물 안으로 들어서고, 스태프들이 뒤를 밟았다.

"휴, 내가 어쩌다 여기까지 따라와서는… 미치겠네."

유나가 초조하게 중얼거리자 우드 파이슨이 바닥에 널브러진 빠루를 집어 들며 말했다.

"걱정 마세요! 제가 지켜드리죠!"

순간 불길한 소리가 들려오기 시작했다.

쐐애애애액, 쐐애애애액!

바람 소리 같기도, 비명 같기도 했다.

배우들은 겁에 질린 얼굴을 했다. 연기가 아니었다. 그들 누구도 예측하지 못한 일이 벌어지는 중이었다.

"이게 무슨 소리야?"

"뭐야?"

"실내가 너무 어두워요!"

다들 사방을 두리번거렸다. 심지어 우드는 허공에 빠루를 위협적으로 휘두르기도 했다.

그러나 아무 일도 일어나지 않았다.

뿐만 아니라 바람 소리도 잦아들었다.

"방금까지 들리던 소리 뭐였죠?"

"다 지나갔어?"

"끝난 건가……?"

어느 정도 마음을 놓는 순간.

쿠웅!

갑작스러운 굉음과 함께 배우들이 주저앉고 비명을 질렀다. 떨어진 엘리베이터 쪽에서 흙먼지가 구름처럼 피어올랐다. 그리고 채 비명이 가시기도 전에 나머지 세 대의 엘리베이터가 곤두박질 쳤다.

쿵, 쿵, 쿵!

비명 끝에 유나가 외쳤다.

"그냥 나가요! 여기서 당장 나가야 돼!"

우드는 그녀를 붙잡으며 고개를 저었다.

"우리가 살 길은 여기뿐이야! 밖은 이미 놈들 세상이라고!"

소리를 지르고 몸부림을 치며 실랑이를 벌이고 있는 그때, 그들 앞에 주저앉은 엘리베이터의 문이 덜컥 열렸다.

핏자국이 선명한 내부에는 한 여자가 참혹한 형상으로 죽어 있었다.

그녀와 눈이 딱 마주친 유나는 다시 비명을 질러댔다.

"아아아악!"

유나는 눈을 가리고 울음을 터뜨렸다.

그 순간 죽어 있던 여자가 몸을 비틀며 일어났다.

망연자실해 있던 우드가 그제야 정신을 차리며 비명처럼 외쳤다.

"도망쳐!"

배우들은 흩어져 도망쳤다.

카메라를 든 스태프들이 한 명씩 따라붙었다.

한편 여자 좀비는 더 이상 몸을 비틀대지 않고 지호에게 곧장 걸어왔다.

자신의 몫이 다 끝난 그녀는 혈액이 들어 있는 가방을 벗으며 말했다.

"아무리 카메오라도 그렇지, 어떻게 시작하자마자 죽여 버려요?"

첫 번째로 죽은 배우는 바로 리나 프라다였다. 영화는 그녀가 건물 안에 들어가는 순간부터 죽음을 맞게 되는 장면까지 담고 난 뒤 본격적으로 시작된다.

관객들 입장에선 여주인공이라고 굳게 믿었던 인물이 나온 지 20분 만에 죽어버리는 셈이다. 그리고 이때부터 관객들과 감독의 게임이 시작된다. 관객은 누가 죽고 누가 살지, 전혀 예측할 수 없게 돼버린 것이다.

지호는 빙그레 웃으며 대답했다.

"그래도 아마 가장 강렬한 반전이었을 거예요."

"그렇겠죠. 영화 포스터에도 내 이름을 주연으로 올렸다면서요?"

"분량은 적지만 리나도 주연이죠."

리나는 피식 웃었다.

"영화가 무섭지 않다면 당신은 사기죄로 고소당하고 말거예요. 관객을 우롱한 죄가 얼마나 큰지 알죠?"

지호는 대답하는 대신 귀에다 손을 대며 귀 기울이는 시늉을 했다. 그리고 동시에 비상구에서 우드의 비명이 터져 나왔다.

"으아아악!"

그게 시작이었다.

곳곳에서 배우들의 비명이 들려왔다.

"도망쳐! 아아악!"

"꺄아아악!"

날 것의 비명이 고막을 찢어대자, 리나는 불안한 표정으로 물었다.

"배우들, 저대로 둬도 괜찮은 거 맞죠?"

"무서운 기분은 들겠지만 지금은 연기하는 걸 거예요. 분위기에 익숙해지다 보면 겁먹은 연기를 즐기게 되죠. 놀이 기구를 타면 비명을 지르는 것처럼."

"어떻게 연기에 대해 그렇게 잘 알죠?"

"제 자신이 먼저 실험을 해봤거든요. 이곳에서 연기할 때 어떤 느낌이 드는지."

간단히 대답한 지호는 한쪽을 보았다. 이제 막 설치된 모니터에서 적외선 화면이 흘러나오고 있었다.

배우들은 불빛 한 점 없는 곳에서 연기를 펼쳤기에, 전혀 시야 확보가 안 된 채 갈피를 못 잡고 있었다. 그들은 두리번거리며 극도의 불안감을 표출했다.

반면 좀비들은 끔찍한 모습을 하고 괴기스럽게 움직였다. 그들의 분장을 위해 최고 수준의 메이크업 아티스트 서른 명을 고용했던 건 신의 한 수였다.

'역시, 공포 영화는 분위기와 분장에서 판가름이 난다.'

지호는 이 생각에 충실해서 프리프로덕션을 진행했다.

그로 인해 나온 결과물이 바로 이 건물과 댄서 좀비들, 그리고 최고의 분장사들이었다.

이내 건물 분위기를 살린 일등 공신, 미술감독 지혜가 여러 대의 모니터를 보며 감탄했다.

"공포에 질린 채로 뿔뿔이 도망치는 것부터가 다르긴 해. 하긴, 당장 자기 생사가 오락가락하는 상황에 좌우를 둘러볼 용기가 어디 있겠어? 도망쳐서 숨거나 웅크리고 있는 것도 리얼해."

그러자 가만히 듣고 있던 리나가 지호에게 불쑥 물었다.

"근데 왜 촬영하기 번거롭게 배우들을 떨어뜨려 놓는 거죠? 다시 뭉치게 하지 않고."

"이 넓은 건물이 온통 좀비로 들어차 있는데 다시 만난다는 거 자체가 웃기잖아요. 관객들은 그들이 다시 만나는 시점을 기다리겠지만, 그런 일은 일어나지 않아요. 모든 캐릭터가 철저히 혼자 나름대로의 방식으로 사투를 벌이다 한 명씩 서서히 죽어가죠."

이번에는 지혜가 물었다.

"너무 중구난방이지 않을까? 정말 살릴 수 있겠어?"

그에 지호는 어린아이처럼 눈을 반짝이며 대답했다.

"그들은 뿔뿔이 흩어져 있지만, 관객들은 분리된 느낌을 받지 않을 거예요. 마치 그들이 한 공간에 있는 것처럼 교차 편집으로 일체감을 줄 테니까요."

*　　　*　　　*

1차 촬영을 마친 지호는 배우들이 흩어진 곳에 직접 찾아갔다. NG가 났던 구역에서는 이런저런 주문을 했고, OK가 떨어진 구역에 가서는 격려를 했다.

그중에도 독보적인 성과를 보여준 건 유나였다. 그녀는 폐가구들 사이에 잔뜩 웅크린 채 자신의 입을 틀어막고 전신을 와들와들 떨었다.

지호가 갔을 때, 카메라를 든 스태프 동현이 말했다.

"완전히 겁에 질려 있어요."

지호는 유나를 보았다.

'연기가 아니었어.'

그녀는 생각보다 더 겁이 많았다. 곁에 스태프가 있든 말든 극도의 불안감에 시달리고 있는 것이다.

"더 이상은 못하겠어요."

유나가 떨리는 목소리로 말을 이었다.

"전 집에서 잘 때도 항상 불을 켜고 잔다고요. 이런 분위기는 도저히 못 견디겠어요. 죄송해요."

촬영 거부에도 지호는 그녀를 몰아붙이지 않았다.

오히려 침착하게 사과했다.

"저야말로 경솔했습니다. 연기란 걸 인지한 상황에선 괜찮을 거라고 생각했어요."

잠시 고민하던 지호는 LED를 들고 서 있는 지혜에게 고개를 돌리며 말했다.

"지혜 누나, 동현 씨와 유나 누나 데리고 먼저 철수해 주세요. 제가 카메라를 들고 남겠습니다. 우선 1인칭으로 촬영하고, 편집 때 화면을 깨뜨려서 죽은 것처럼 보이게 만들면 될 것 같아요."

간결한 대안을 들은 카메라맨 동현이 활짝 웃었다.

"아, 그런 방법이 있었네요!"

지혜 역시 고개를 끄덕였다.

"알겠어. 그렇게 하자."

"좋아요. 그럼 서둘러 움직이죠."

지호는 손을 뻗어 유나를 일으켜 세우고, 동현에게 카메라를 넘겨받았다.

그리고 이내 지혜, 유나, 동현이 모두 철수했다.

혼자 남은 지호는 폐가구들 틈에 혼자 남아 적외선 카메라를 켰다.

'차라리 잘됐어. 이 장면에서 좀비들의 모습을 노출시키고, 비명은 편집할 때 따로 입히면 돼.'

긍정적으로 생각한 그는 지혜에게 무전을 쳤다.

"이쪽에는 분장이 잘 된 좀비들로 배치해 주세요."

―오케이!

그녀의 대답이 들려오고 얼마 안 가 좀비들이 몰려들었다. 그들 모두 보는 것만으로도 섬뜩할 만큼 사실적인 분장을 하고 있었다.

'비싼 분장사들을 고용한 보람이 있네.'

지호는 흡족하게 여기며 좀비들에게 지시했다.

"이쪽 네 분은 지금까지처럼 기괴한 동작으로 저를 덮쳐주시면 됩니다. 그리고 나머지 세 분은 반대편 벽 뒤에 대기하고 계셨다가 제가 입구 쪽으로 움직이면 불시에 유리벽을 깨고 튀어나와 주세요. 설탕 유리니까 안심하고 몸을 던지셔도 될 거예요."

"네."

"알겠습니다."

배우들은 또렷한 목소리로 대답했다. 하지만 곧 촬영이 시작되면 댄서 특유의 유연성을 살린 기괴한 동작과 함께 괴성을 질러댈 터였다.

잠시 후, 지혜의 무전이 들려왔다.

—앞으로 일 분 후 촬영에 들어가겠습니다. 모두 준비해 주세요!

손에 땀을 쥐는 일 분이 훌쩍 지나갔다.

동시에 무전기에서 싸인이 떨어졌다.

—레디, 액션.

순간 피 칠갑을 한 좀비들이 비칠대며 움직이기 시작했다. 초점 없는 회색 렌즈가 어둠에 반사되어 번뜩였다.

지호는 적외선카메라로 그 모습을 촬영하며, 소품으로 가지고 있던 빈 캔을 바닥에 굴렸다.

그르르르륵.

알류미늄 캔이 바닥을 긁는 찰나 좀비들이 일제히 고개를 돌렸다.

지호는 카메라 앵글과 시선을 일치시키며 폐가구들 틈에서 뛰쳐나갔다. 그리고 자신을 쫓는 좀비들의 괴성이 들려올 때마다 틈틈이 뒤를 돌아봤다.

숨 막히는 추격전이 시작되고, 지호가 입구를 지나는 시점에 좀비 떼가 유리벽을 깨부수며 튀어나왔다.

크아아아!

눈 깜짝할 새.

지호가 불현듯 뛰던 자세 그대로 몸을 돌리며 카메라를 겨눴다.

이내 쭉 뻗은 좀비의 손이 앵글을 덮쳤다.

몸을 던진 끝에 지호와 좀비는 한데 엉켜 땅바닥을 뒹굴었다.

그때 멀찍이 떨어진 무전기에서 지혜의 목소리가 들려왔다.

—오케이! 다들 괜찮아요?

지호를 덮친 좀비 역할의 배우가 먼저 일어나 손을 내밀었다.

"감독님, 괜찮으세요? 죄송합니다! 갑자기 멈추시는 바람에……."

"괜찮아요. 완전 리얼했습니다."

지호는 한쪽 눈을 찡긋하며 손을 잡고 일어났다. 그는 옷을 툭툭 털며 무전에 답했다.

"이쪽은 이상 없습니다. 복귀해서 모니터링할게요."

장난스럽게 대답한 지호는 좀비 역할을 훌륭히 소화해 준 댄서들과 함께 베이스캠프 격인 통제 현장으로 돌아갔다.

그들은 다 같이 모여 모니터링을 했다. 좀비들이 카메라를 덮치는 장면이 멋들어지게 촬영돼 있었다. 구름같이 모여든 스태프들과 배우들이 환호성을 내질렀다.

"이건 안 봐도 명장면 감이네요!"

"엄청 리얼해요."

"분장, 카메라, 움직임 삼박자가 완벽하군요!"

고개를 끄덕인 지호는 다른 구역의 화면도 살폈다.

좀비들에게 발각된 우드는 소품용 빠루와 쇠파이프를 휘두르며 정면으로 맞섰다.

좀비 역할의 배우들은 그가 휘두른 소품에 강타당할 때마다 리모컨을 눌러 등에 부착한 혈액 주머니에서 피를 분출시켰다.

그러자 곳곳에서 웃음소리가 터져 나왔다.

"하하하, 저 터프가이는 대체 누구죠?"

"속이 다 시원합니다!"

"좀비들이 볼품없이 나가떨어지는군!"

좀비 역할에 임했던 댄서들도 화면에 비친 섬뜩한 자신의 모습이 재밌고 뿌듯한지 저들끼리 연신 웃음을 터뜨리며 흡족해했다.

한편 그들 가운데에는 연기자의 꿈을 가진 사람도 있었다. 윤민창도 그중 하나였다.

그는 대학로 연극 무대에서 잔뼈가 굵은 서른 살 배우였다.

학창 시절 동아리 활동을 했던 춤 실력을 내세워 좀비 역할에 지원했고, 그 결과 영화 〈새벽〉에 합류하게 되었다.

비록 보조 출연자일지언정 그에게는 보통 뜻깊은 일이 아니었다.

'내가 신지호 감독 영화에 출연하게 되다니!'

이미 극단의 동료들에게 오디션 합격 사실을 알리며 신나게 떠들어댔다.

그는 말뿐 아니라 진짜 좀비가 되기 위한 준비에도 들어갔다.

민창은 바로 지호를 덮치고 일으켜 주었던 그 좀비였다.

모니터링을 할 때부터 그를 눈여겨보던 지호는 불쑥 말을 붙였다.

"아까 몸을 던진 연기는 정말 인상적이었습니다."

"하하! 감사합니다, 감독님."

"실례지만 원래 이렇게 마르셨나요?"

지호가 앙상한 체형을 훑으며 묻자 민창이 대답했다.

"아뇨. 이번 배역을 위해 감량을 좀 했습니다."

"몇 킬로그램이나 감량을 한 거죠?"

"음… 한 30킬로그램 정도?"

민창은 아무렇지도 않게 대답했다. 그러나 실상 그는 매일 사과 한 개와 참치 캔으로 버티며 학대에 가까운 감량을 경험한 상태였다.

고통이 극에 달할 땐 담배를 피워 이겨냈다. 그나마도 더 빼다가는 위험해질 수 있다는 의사의 권고를 듣고서야 감량을 멈췄다.

엄청난 노력 덕분인지, 민창이 연기하는 좀비는 겉으로 보기만 해도 남들과는 다른 분위기를 연신 뿜어내고 있었다.

또한 극도로 날카로워진 신경은 연기에 도움을 주었다. 그가 보여준 노력도 노력이지만, 더 주목해야 할 점은 그의 역할이 일당 10만 원 수준의 보조 출연이란 사실이었다. 그럼에도 배역을 위해 아무도 인정해 주지 않을 일을 기꺼이 감행했다.

만약 건강을 잃기라도 했다면 천하의 바보 천치가 되었을 것이다.

더불어 치료에 어떠한 지원도 받지 못했을 터였다.

'아무 대가도 바라지 않고 순전히 자신의 일에 집중한 거야.'

지호는 절로 숙연해져서 대답했다.

"완성도 높은 영화를 만들 수 있도록 함께해 주셔서 감사합니다. 당신의 노력과 열정, 잊지 않겠습니다."

그 한마디에 민창은 울컥했다.

"저야말로 감사합니다."

이후 지호는 더욱 완성도에 심열을 기울였다. 보다 여러 느낌의 장면을 확보하기 위해 2차, 3차 촬영을 감행했다.

깐깐한 감독과의 작업은 스태프와 배우들의 심신을 지치게 했지만, 그들 모두 지금의 노력이 헛되지 않으리라고 믿으며 촬영에 임했다.

그렇게 2주 동안 매일같이 새벽 시간에 촬영을 하며 밤낮이 바뀐 지호는 촬영을 끝내고 편집실에 틀어박혔다. 그는 언제나 그렇듯 촬영 도중 찍어둔 섬광 기억을 이용해 빠르고 정확하게 편집을 진행했다.

좀비가 덮쳐서 죽은 줄로만 알고 있었던 유나를 마지막 장면에 등장시켜 생존자로 만들어 버렸다.

'한치 앞도 예상할 수 없는 공포 스릴러.'

지호는 자신이 계획한 대로 편집을 마쳤다.

그다음 개봉 일주일 전에 예고편을 내보냈다.

예고편은 좀비가 앵글을 덮치는 5초 분량의 장면으로만 구성돼 있었다. 이 짧고 충격적인 영상은 순식간에 화제가 되었다.

개봉 전 홍보 포스터를 포함해 배우 라인업, 감독 등 영화에 대한 어떠한 정보도 공개하지 않았기 때문이다. 사람들의 추측만이 난무하며 영화는 '입소문 마케팅' 효과를 제대로 누렸다.

그리고 개봉 당일, 지호는 배우들과 함께 전문지 기자 몇몇을 불러 인터뷰를 가졌다.

"인터뷰 공개는 영화 개봉과 함께 부탁드립니다."

그는 인터뷰를 시작하며 부탁했다.

미리 서약서를 쓰고 입장한 기자들 역시 이에 동의했다.

"알겠습니다."

"이곳에 올 때부터 각오하고 있었습니다."

이어 인터뷰가 진행됐다.

지호는 리나, 유나, 우드를 비롯한 배우들. 그리고 좀비 역할 대표로 참석한 민창과 동석했다. 배우들 앞에는 각자 맡은 역할의 명패가 놓여 있었다.

그 라인업을 보던 기자가 물었다.

"이번 영화 〈새벽〉은 관계자 시사회도 거치지 않고 개봉하게 됐습니다. 예고편에도 어떤 배우가 등장할지, 어떤 캐릭터가 나올지, 아무런 정보가 없었는데… 설마 '좀비'도 등장인물 중 한 명인 건가요?"

민창을 겨냥한 질문이었다.

그에 빙그레 웃은 지호가 대답했다.

"네, 맞습니다. 영화에는 수많은 좀비들이 등장하는데요. 그중 윤민창 배우는 특별한 의미를 갖고 있습니다. 이 부분은 영화를 통해 직접 확인하시는 편이 좋을 것 같습니다."

"보통 좀비라고 하면 보조 출연자나 단역이 연상되는데… 특별한 좀비라니, 벌써부터 기대되는군요."

기자가 이번에는 민창에게 시선을 돌렸다.

"그러고 보니 〈새벽〉은 신인배우들이 대거 등장하는 것 같습니다. 더욱이 윤민창 씨는 이번 작품이 첫 영화인 걸로 알고 있는데, 세계적인 여배우 리나 프라다 씨와 함께 작업을 하셨습니다. 소감 한 말씀 해주시죠."

잠시 망설이던 민창이 고개를 끄덕이는 지호를 보고난 뒤에서야 힘없이 웃으며 답했다.

"신지호 감독님, 할리우드 배우인 리나 프라다를 포함한 모든 배우들과 촬영하는 과정은 제게 과분할 만큼 황홀했습니다. 하지만 지금은 요양원에 들어가 쉬고 싶은 마음뿐입니다."

그 내용만으로도 영화 촬영이 얼마나 고됐는지 알 수 있었다. 당연히 기대감은 증폭됐다.

이러한 기대감을 주는 데에 큰 비중을 차지하는 리나 프라다에게도 질문이 쏟아졌다. 그러나 대부분 영화가 아닌, 그녀 개인을 향한 질문들이었기에 리나는 답변을 거부했다.

제작 보고회가 끝난 뒤 민창이 지호에게 말했다.

"휴… 이런 자리까지 초대해 주셔서 감사합니다."

그는 진땀을 삘삘 흘리고 있었다.

빙그레 웃은 지호가 대답했다.

"익숙해져야 할 겁니다. 앞으로는 무대 인사도 다녀야 할 테니까요. 분명 영화에서 민창 씨를 찾는 것도 관객들의 즐거움 중 하나가 될 거예요."

민창은 영화에서 맨 얼굴로 나오지 않는다. 따라서 관객들은 그가 누군지, 어디서 등장했는지 궁금할 수밖에 없다.

이는 〈반지의 제왕〉 시리즈에서 '골룸', 〈혹성탈출〉 시리즈에서 '시저' 역할을 맡았던 앤디 서키스(Andy Serkis)와 비슷한 경우였다. 실제로 그는 이 '시저' 역할로 얼굴 없는 배우로서 산타바바라 국제 영화제의 비르투오소상을 수상하기도 했다.

지호의 의도는 민창에게 축복이었다.

"감독님. 지금 이런 말씀을 드리긴 좀 그렇지만… 영광입니다. 감독님의 작품에 출연한 것도, 이렇게 영화 홍보에 참여하게 된 것도요."

그에 고개를 저은 지호가 대답했다.

"아닙니다. 이 모든 건 민창 씨의 노력이 만든 결과물이에요."

그는 진심으로 그렇게 생각했다.

민창은 눈에 띌 가능성이 희박한 배역을 맡았음에도 연기에 대한 열정의 끈을 놓지 않았다. 그 끈이 동아줄이 되어 그를 끌어올리고 있는 것이다.

'배울 점이 많은 배우야.'

지호가 그런 생각을 하는 찰나, 이번 제작 보고회를 준비한 네러티브 제작사의 제임스 페터젠이 다가와서 말했다.

"신지호 감독님. 소식 들으셨습니까? 〈투데이〉가 3주 연속 북미박스오피스 1위를 하고 있답니다. 단순히 반응만 먼저 지켜보려던 워너브라더스와 유니버설 스튜디오는 아주 신이 났어요. 곧 아시아에도 개봉하게 될 것 같습니다. 그 통에 파라마운트의 제리 스타글라츠도 이번 영화인 〈새벽〉에 대한 기대치가 더 높아졌어요. 어제는 밤잠까지 설쳐가며 제게 전화를 해대지 뭡니까? 대충 줄거리라도 어떻게 알 방법이 없겠느냐고요."

Chapter 7
잠자는 사자의 코털 I

서울 압구정동 소재의 한 극장에서 비밀리에 인터뷰를 마친 지호는 그날 집에 돌아가 마음 편히 잠을 청했다. 촬영으로 인해 지친 컨디션을 회복하기 위해서였다.

오랜만에 여섯 시간 이상 수면을 취한 그는 다음 날도 새벽같이 일어나 신문사 별로 구독하는 조간신문을 읽으며 노트북에 소재를 정리했다. 그다음 가벼운 운동과 샤워를 하고, 이지은이 구워준 버터 식빵을 입에 문 채 정장 차림으로 집을 나섰다.

그리고 때마침 양동휴 교수에게 연락이 왔다.

—영화 개봉 축하합니다. 그새 한 편을 더 만들었더군요.

〈새벽〉이 개봉된 지 24시간도 지나지 않았지만 인터넷이 들썩이고 있었다.

지호는 머쓱하게 대답했다.

"하하. 감사합니다, 교수님."

수화기 반대편에서 흐뭇한 미소를 지었을 양동휴 교수가 곧이어 조심스레 물었다.

—그나저나 이미 새 학기가 시작되었는데, 어떻게. 마음은 정했나요?

지호는 허공에 대고 고개를 끄덕이며 대답했다.

"네, 내일 학교로 찾아뵙겠습니다."

—가능하면 점심 때 와서 함께 식사도 하면 좋을 것 같군요.

"네. 그럼 열두 시 전에 연구실로 가겠습니다."

—그래요.

양동휴 교수가 전화를 끊었다.

그제야 휴대폰을 내린 지호는 손목시계를 확인했다.

'슬슬 올 때가 된 것 같은데.'

호랑이도 제 말하면 온다고 했던가?

그런 생각을 하는 순간 멋들어진 세단 에쿠스가 갓길에 들어섰다.

이내 차에서 내린 운전기사는 전에 만났던 총리실 직원이었다.

"신지호 감독님, 잘 지내셨습니까? 문체부까지 모시러 왔습니다."

오늘 오후 금관문화훈장 수여식 일정이 잡혀 있는 지호는 군소리 없이 뒷좌석에 오르며 말했다.

"감사합니다. 안전 운전 부탁드려요."

*　　　*　　　*

이른 아침부터 몇몇 의원들과 총리실에 둘러앉은 국무총리 문성준이 입을 열었다.

"우리의 예상은 완전히 빗나갔습니다. 신 감독이 정부 지원을 거절했으니까요."

"그것 보십시오. 신명일, 그자의 유작이 신지호 감독 손에 있는 게 분명합니다. 처음부터 정부 지원을 거절한 것도 그 때문일 거예요."

"맞아요. 그런 인재가 지금까지 알려지지 않은 것도 이상합니다. 분명 서재현이가 중간에서 연막을 쳤을 거요!"

단정 짓고 말하는 두 의원과 다르게 문성준은 침착한 어조로 입을 열었다.

"두 분도 아시다시피, 절대 경거망동해선 안 됩니다."

"이 부분은 문 총리님 말씀이 맞습니다."

문성준 반대편 상석(上席)의 의원이 거들었다.

"일단은 족쇄를 채우고 지켜보는 수밖에 없어요."

그가 나서자 다른 의원들은 입을 굳게 닫았다.

잠시 후 눈치를 살피던 문성준이 말했다.

"다음 작품부터는 정부 지원을 받는 편이 좋겠다고 권해뒀습니다."

"아니, 그것만으로는 부족해요. 일이 터지고 나서 후회해도 늦습니다."

상석의 의원, 김봉민 당대표가 말을 이었다.

"국내 투자사들과 협회 측에 미리 언질을 해서 자금줄을 모두 끊어둡시다. 마땅한 투자처가 없으면 별수 있겠습니까? 정부의 지원을 받아들이게 되겠지요. 이렇게 되면 신 감독이 신명일의 유작을 가졌다고 해도 제작에 들어가기 전에 막아낼 수 있을 겁니다."

그에 문성준은 고개를 끄덕였다.

"그렇지 않아도 앞으로는 영화인 협회, 영화제작가 협회, 투자 협회, 배우 협회, 평론가 협회 등 영화 산업을 이끌어가는 국내 영화계의 수뇌부들과 주기적인 자리를 마련할 생각입니다. …하지만 신 감독은 이미 해외에서도 각광받고 있어요. 과연 국내 단체들만으로 그의 행보를 저지할 수 있을까요?"

"해외까진 어찌 할 수 없겠지만… 영화 단체들의 재제를 받는다면 국내에선 영화를 만들 수도, 개봉할 수도 없게 될 겁니다. 대부분의 스태프들이나 배우들, 관계자들이 협회에 속해 있으니까요."

그때까지 잠자코 있던 문화체육관광부 장관 유태운이 입을 열었다.

"신지호 감독은 이미 세계적으로 이름을 알린 감독입니다. 절대 그가 가진 영향력을 얕잡아 봐선 안 돼요. 대중매체는 무시할 수 없는 힘을 가지고 있습니다. 여러 사회 고발 영화들만 봐도 알 수 있지요."

"그래서, 그런 영화들이 상영된 후 달라진 게 있던가요?"

그렇게 물은 김봉민 의원은 입꼬리를 말아 올리며 덧붙였다.

"신지호 감독의 유명세는 힘이 아닙니다. 오히려 단점일 수 있지요. 유 장관님의 말씀처럼 많은 사회 고발 영화들이 있었지만, 대중의 관심은 시간이 지나면서 거품처럼 사라졌습니다. 그게 바로 국내 영화계가 흥행성에 치중한 고발 영화들만 제작하는 이유입니다. 제가 보기에는 신지호 감독도 국내 개봉만 막는다면 아무 문제없어요. 어차피 영화가 할 수 있는 범위는 대중들의 스트레스를 달래주는 대리 만족 이상도, 이하도 아닙니다."

자리에 모인 의원들은 저마다 고개를 주억거리며 동의했다.

그러나 국무총리 문성준과 문체부 장관 유태운은 여전히 편치 않은 표정을 짓고 있었다.

이내 시간을 확인한 문성준이 입을 열었다.

"자, 곧 훈장 수여식을 진행해야 하니, 일단 오늘 조찬(朝餐)은 여기까지 하겠습니다."

의원들이 모두 총리실을 나가자 실내에는 두 사람만이 남았다.

문성준과 유태운이었다.

"형님. 우리는 이만 발 뺍시다. 우린 직접적으로 개입한 것도 아닌데 왜 이렇게 계속 가슴을 졸여야 해요?"

유태운의 말에 문성준이 눈가를 꿈틀거렸다.

"저들은 대한민국의 목줄을 틀어쥐고 있다. 우리도 저들에게서 자유로울 수는 없어. 자네도 털어서 먼지 한 올 나오지 않는다고 자신할 수 있나? 그 먼지 한 올이 순식간에 자네 인생을 망쳐 버릴 수도 있네. 쓸데없는 소리 말고, 훈장 수여식에서 다시 한 번 설득해 보자고."

시간이 되자, 두 사람은 따로 차에 나눠 타고 세종시 문화체육관광부로 향했다.

문체부 5층에는 이미 수여식 준비가 모두 끝나 있었다. 먼저 도착한 지호는 지루한 수여식 리허설을 견뎌야 했다. 고리타분한 절차 탓에 훈장을 받는 사람이 오히려 불편한 구조였다.

“총리님과 장관님 입장하십니다!”

관계자들은 일동 기립하여 박수를 보냈다.

문성준과 유태운이 단상에서 차례로 축사를 한 뒤, 둘 중 유태운이 수훈을 맡았다.

“…그럼 신지호 감독님께 금관문화훈장을 수여토록 하겠습니다.”

단상으로 올라간 지호의 옷깃에 유태운이 훈장을 달아주었다.

문화훈장이란 문화예술 발전에 공을 세운 사람들에게 수여하는 훈장으로 총 다섯 단계가 있었다.

1등급은 금관(金冠), 2등급은 은관(銀冠), 3등급은 보관(寶冠), 4등급은 옥관(玉冠), 5등급은 화관(花冠)문화훈장이라고 불렀다.

김기덕 감독, 이문열 작가 등 대가(大家)들조차 은관문화훈장을 수훈한 것을 감안한다면 지호는 생전 누리기 힘든 영광을 누리게 된 셈이었다.

빙글 몸을 돌지호가 린 수훈 소감을 밝혔다.

"저는 인생이 찰흙과 같아 형태를 빚어주길 기다린다고 믿습니다. 영화도 이와 마찬가지라고 생각합니다. 따라서 향후에도 책임감을 갖고 이 사회에 도움이 되는 영화를 만들도록 하겠습니다."

너무도 담백한 소감에 관계자들은 헛웃음을 뱉었다.

지호는 박수갈채를 받으며 단상을 내려왔다.

한편 유태운은 '사회에 도움 되는 영화'라는 대목에서 움찔했다.

문성준이 그를 살피며 말했다.

"수훈 끝나고 오찬 때 신 감독을 좀 떠봐야겠어. 어느 정도 알고 있는지에 대해 말이네."

"알겠습니다."

수여식이 끝나자 지호, 문성준, 유태운은 근처 고급 중식당에 둘러앉았다.

먼저 문성준이 입을 열었다.

"허허, 다시 한 번 축하합니다."

"감사합니다."

그때 유태운이 물었다.

"금관문화훈장을 받은 소감이 어떤지 궁금하군요."

"솔직히 말씀드리면 좀 떨떠름합니다."

"음? 떨떠름하다?"

"네. 영화제에서 수상을 했었을 땐 그저 기쁘기만 했습니다. 그런데 문화훈장을 받았을 땐 책임감이 느껴졌다고 할까요?"

"나라에서 주는 상이다 보니 그런 생각이 들었을 수도 있겠군요. 하지만 선입견입니다. 문화훈장 역시 영화제의 상들처럼 신 감독님의 업적을 치하하는 목적으로 수여하는 것뿐이니까요."

"하하, 그렇군요."

그사이 지호는 두 사람의 물컵을 적당히 채웠다.

졸졸졸 떨어지는 물줄기를 빤히 보던 문성준이 지호에게 물었다.

"나라에서 훈장도 받았겠다, 다음 작품부터는 정부 측 지원을 받는 편이 좋지 않겠습니까?"

그 말에 지호는 골치가 아팠다.

'또 저 소리네.'

그는 지금 시점에서 요구를 들어주면 안 될 것 같다고 직감했다.

"총리님. 죄송하지만 그 부분에 대해선 전에 말씀드렸던 것처럼 천천히 생각해 보고 싶습니다."

"참, 이미 저와 따로 이야기를 했던 적이 있었지요? 하하하!

나이를 먹으니 사적인 자리에서 나눴던 대화는 종종 가물가물할 때가 있습니다. 그래요, 때가 되면 꼭 말해주길 바랍니다."

"꼭 그렇게 하겠습니다."

한편 선을 긋는 지호를 보며 유태운은 조바심이 났다. 그리고 이내, 달아오른 감정을 내색하고 말았다.

"저는 처음 듣는 이야기라. 우리 문체부에서 적극 지원하겠다는 호의를 거절하는 이유가 뭔지 궁금하군요."

"간단히 말씀드리면 부담이 됩니다."

"부담이 된다?"

"예. 예산이 부족하지 않은데 굳이 투자를 더 받을 필요는 없으니까요."

"흠. 그럼 조금 다른 제안을 해보겠습니다."

화두를 던진 유태운이 말을 이었다.

"정부 측 지원을 받고 외국에서 영화가 잘되면 애국하는 겁니다. 그러니 외국에서 만들 때만큼은 꼭 정부의 지원을 받도록 하는 게 어떻겠습니까?"

틀린 말은 아니었다.

'외화 벌이'에 도움이 되니까.

지호는 그 제안을 거절하지 않았다.

"좋습니다. 외국에서 촬영을 하게 되면 정부의 지원을 받도록 하겠습니다."

순간 문성준의 입꼬리가 살짝 올라갔다.

'드디어 걸려들었군.'

한국에서 개봉을 제한할 경우 어쩔 수 없이 해외 촬영을 하게 될 텐데, 해외 촬영시 정부 측 지원을 받는다면 어떤 영화가 만들어지는지 실시간으로 알아낼 수 있을 것이다.

"후, 신 감독님 명망이 워낙 높아 투자하기도 여간 힘든 게 아니로군요. 보통은 투자를 못 받아서 난리들인데 말입니다. 허허."

속이 후련해진 문성준은 능청을 떨었다.

마찬가지 생각으로 고개를 끄덕인 유태운이 거들었다.

"그러게 말이에요. 이거야 원… 듣자 하니 제갈공명(諸葛孔明)보다도 모시기 힘들었다고 하더이다. 하하하!"

지호는 빙그레 웃으며 식사를 계속할 뿐, 두 사람의 말에 사족을 달지 않았다.

고위직 관리들과 한참 젊은 영화감독은 그리 어울리는 조합이 아니었다.

따라서 식사 자리 역시 길게 지속되지 않았고, 머지않아 지호는 문화체육관광부 건물을 나섰다.

'역시 삼촌 말씀처럼 무언가가 있는 게 틀림없어.'

밖으로 나온 그는 섬광 기억을 되뇌었다. 그러자 아버지의 유작에 등장하는 정계 인사들의 명단이 고스란히 떠올랐다.

다만 그중에 문성준과 유태운의 이름은 없었다.

'분명 명단에 없는 사람들인데… 왜 내게 족쇄를 채우려는 거지?'

혼자 아무리 고민해도 해답을 얻을 수 없다면, 직접 움직여 해답을 구해야 한다. 그리고 지금은 모든 준비가 끝난 상태였다.

굳게 다짐한 지호는 서재현에게 전화를 걸었다.

—…훈장은 잘 받은 게냐?

"네. 삼촌, 아무래도 그들이 제가 아버지 각본을 갖고 있다는 걸 눈치챈 것 같아요."

—기어코 그들이 움직이나보구나.

"제게 족쇄를 채우려는 것 같아요. 그래서 일단 해외에서 영화 촬영 시 정부 지원을 받기로 했습니다. 아마 국내에서도 촬영이나 상영을 할 수 없도록 손을 써뒀겠죠?"

—그럼 큰일이 아니냐?

서재현의 물음에 지호는 침착하게 대답했다.

"그래서 말인데… 아무래도 외국에서 지원군을 불러들여야 할 것 같아요."

부모님의 죽음 배후에 어떠한 음모가 있었다면, 이는 분명 아버지의 유작과도 관련이 있을 터였다.

아버지 유작이 내포하고 있는 명단은 정계 인사들로 이루어져 있다. 그런데 마침 정계와 밀접한 정부 인사들이 지호에게 수상한 낌새를 보이고 있다.

아버지의 유작을 지호가 가지고 있는 이상 그 역시 안심할 수 없는 상황인 것이다.

'내 손으로 아버지의 유작을 만들어야겠다는 생각이야 늘 하고 있었지만… 아무래도 계획했던 것보다 시기를 더 앞당겨야겠어.'

작품이 세상에 공개되는 것을 두려워하고 있을 사람들.

이제 지호가 그들을 사회에 고발할 차례였다.

* * *

문화체육관광부에서 금광문화훈장을 수여받은 지호는 헤이리 본가로 돌아갔다.

집 사람들은 다들 어디 갔는지 자리를 비운 상태였다. 지호는 홀로 방 안에 남아 앞으로의 계획을 세웠다.

'최악의 상황까지 고려해서 대안을 마련해 놔야 해.'

만일 자신의 이름이 국내 영화계의 블랙리스트에 등록된다면 국내에선 예산 마련도, 스태프나 배우 섭외도 힘들어질 터였다.

이런 악조건 속에서 어떻게 대처할 수 있을까?

지호는 머리를 굴려 해답을 정리했다.

'국내에서 인적자원을 구할 수 없게 된다면 해외로부터 공수하면 돼. 영국국립영화학교(NFTS)의 방학 기간을 이용해 촬영한다면 충분히 NFTS에서 함께 작업했던 친구들을 불러들일 수 있어.'

문제는 그들을 초대하려면 비행기 티켓을 일일이 보내줘야 한다는 점이다. 아니, 스태프들이 구해진다 하더라도 예산 문제는 답이 없다.

영화 제작과 홍보, 상영은 한두 푼으로 해결되는 일이 아니었던 것이다.

'예산 문제는 어쩌지?'

지호가 고민하고 있는 그때 책상 위에 올려둔 휴대폰이 몸을 수차례 떨었다.

드르륵— 드르륵.

발신자는 제임스 페터젠이었다.

지호는 전화를 받았다.

"페터젠 씨."

—감독님. 처음 베일에 싸인 채 시작했던 〈새벽〉이 입소문이 돌면서 연일 배수의 관객을 동원하고 있습니다!

"기쁜 소식이네요."

지호는 가볍게 웃으며 답했다.

그에 흥분한 제임스 페터젠이 말을 이었다.

—이게 다가 아닙니다. 배급사 파라마운트 측에서 새로운 홍보 전략을 제안했습니다. 감독님 의견에 따라 시사회를 생략했으니, 상영관 중 한두 곳에서만 영화 상영 후 서프라이즈 인터뷰를 했으면 한다는 내용입니다.

"그건 좋은 생각이네요. 영화 콘셉트에도 잘 어울리겠어요."

—하하, 다행이네요. 안 그래도 제리 스타글라츠가 감독님만 응해주신다면 오늘 저녁 아홉 시 삼성동 씨네타운 극장에서 이벤트를 진행하고 싶다고 했습니다. 개봉 후 일정 시간이 지나면 이벤트는 큰 의미가 없다더군요.

시계를 확인한 지호가 대답했다.

"아직 시간이 좀 남았네요… 그럼 아홉 시까지 삼성동 씨네타운으로 가겠습니다. 스타글라츠 씨에게 전해주시겠어요?"

—물론입니다. 잘 전달해 드리도록 하죠.

제임스 페터젠이 전화를 끊었다.

졸지에 저녁 행사가 잡힌 지호는 갈아입으려던 옷차림을 그대로 놔뒀다.

순간 머릿속으로 번뜩 스치는 생각이 있었다.

'〈투데이〉는 이미 투자비를 전액 회수했고… 곧 아시아 시장에 진입한다. 〈새벽〉도 금방 손익분기점을 넘길 수 있을 거야.'

즉, 일이 순탄하게 돌아간다면 자체 제작비 확보가 가능하다는 의미였다.

지호는 저녁 6시에 삼성동 씨네타운으로 출발했다. 도착한 건 8시 30분경이었다. 그는 대기실에서 제리 스타글라츠를 만났다.

"신 감독님. 영화 잘 봤습니다. 기대 이상의 성적이 나올 만하더군요! 이렇게 심장 쫄리는 공포 스릴러는 오랜만이었습니다. 하하하."

"감사합니다, 스타글라츠 씨. 이제 곧 영화가 시작하겠네요."

"관객들과 함께 관람하시지요."

"아뇨. 그 감개무량한 순간은 작품 만들 때 같이 고생한 스태프들, 그리고 배우들과 함께하겠습니다. 그렇잖아도 조만간 모두 모여 〈새벽〉을 보기로 했거든요."

"흠, 알겠습니다. 그럼 영화 끝나고 입장하시는 걸로 알고 있으면 되겠군요."

"그렇게 하죠. 아, 잠시 실례하겠습니다."

양해를 구한 지호는 선글라스를 쓰며 관계자 대기실을 나섰다. 그는 화장실을 이용한 후 돌아가다 문득 걸음을 멈췄다.

'분명 익숙한 풍경인데 왜 이렇게 낯선 걸까?'

지호는 극장 전체에 진동하는 팝콘 향을 맡으며 구석진 곳에 우두커니 서서 북적대는 관객들을 지켜보았다.

관객 과부하로 극장 매점에선 미리 준비해둔 팝콘과 음료를 내보내고 있었다. 티켓 발권기와 매표소에는 줄이 길게 늘어서 있고 그 위에 설치된 모니터에선 예매 현황이 나왔다.

〈새벽〉 옆에는 온통 매진 딱지가 붙어 있다.

지호는 흡족한 미소를 그렸다.

'오늘 일자 조간신문에서 봤던 것보다 반응이 좋아.'

영화 상영 시간이 바짝 다가오자 관객들이 상영관 안으로 입장했다.

그 모습을 지켜보던 지호는 영사실로 갔다. 그는 자신의 입술에 검지를 붙여 보이며 영사기사에게 양해를 구했다.

"실례합니다. 전 이 영화를 연출한 신지호 감독이라고 합니다. 관객들의 반응도 살펴볼 겸 잠시 영사실을 이용해도 괜찮을까요?"

"아아, 네… 네!"

한동안 TV만 틀면 나왔던 지호의 얼굴을 모를 리 없었다. 단번에 그를 알아본 영사기사는 당황한 낯빛을 지우며 자신의 일에 집중했다. 그 와중에도 힐끔힐끔 시선이 가는 건 어쩔 수 없었다.

'화면에서 봤던 것보다 훨씬 멋있네?'

한편 스크린에선 영화가 시작됐다.

지호는 스크린에서 등을 돌린 채 눈을 감고 앉아 있었다.

그리고 이내 첫 번째 비명이 터졌다.

꺄악!

리나 프라다가 죽은 채 발견되는 장면이었다.

아무도 예상치 못한 전개에 객석이 술렁였다.

그리고 그로부터 이십 분 뒤, 두 번째 비명이 나왔다.

꺄아악!

좀비가 카메라를 덮치는 장면이었다. 정확히 말하면 좀비 역할의 민창이 유나를 공격한 것이다.

이를 시작으로, 좀비의 손에 죽음을 맞는 다른 구역 배우들의 모습이 교차 편집되어 나왔다.

따라서 비명은 점점 더 커져갔다.

지호는 눈을 감고 비명을 음미했다.

'좋아. 이제 슬슬 긴장을 풀어줘야지.'

러닝타임이 사십 분을 넘어가자 관객들의 졸였던 가슴이

점점 퍼졌다. 대신 웃음소리로 떠들썩했다.

극중 전직 야구 선수인 우드 파이슨이 빠루와 파이프를 양손에 들고 좀비의 머리통을 거침없이 박살 내는 모습이 한여름의 에어컨 바람처럼 시원시원했기 때문이다. 그가 내뱉는 걸쭉한 욕설도 하나의 별미였다.

이쯤에서 영화는 대대적인 국면의 변화를 맞이했다.

숨고 도주하던 인물들이 좀비의 손에 잡혀 죽었던 지금까지와 달리, 살아남은 인간들의 처절한 사투와 반격이 시작된 것이다.

그들은 각자 자신만의 특기와 재능을 동원해 위기를 극복해 나갔다.

스릴러의 요소가 극대화되어 가며 관객들이 손에 땀을 쥐었다.

'이제 클라이맥스!'

그 순간 객석에서 이제껏 들려오던 소리와 차원이 다른 비명이 울려 퍼졌다.

꺄아아악!

경악!

모두의 표정이 그렇게 말하고 있었다.

죽은 줄로만 알았던 유나가 다시 등장한 것이다.

그녀가 좀비들 사이에서 탈출하는 동안 비명은 좀처럼 끊

이질 않았다.

한편 중요한 부분에서의 반응을 모두 확인한 지호는 영사실을 나와 다시 관계자 대기실로 돌아갔다.

제리 스타글라츠가 그를 보며 물었다.

"한참 찾았어요! 대체 어딜 다녀오신 겁니까?"

"아, 죄송해요. 영사실에 잠깐 갔었습니다."

"영사실에요?"

"네. 관객 반응을 한 발 떨어진 곳에서 듣고 싶었어요."

지호의 안색을 살핀 제리 스타글라츠는 피식 웃었다.

"…꽤 만족하셨나 보군요."

지호는 어깨를 으쓱이며 대답했다.

"제 예상보단 좋았으니까요."

"자, 그럼 이제 관객들에게 인사하러 가시죠."

두 사람은 엔딩 크레디트가 모두 올라간 상영관으로 들어섰다.

영화가 끝나자마자 미리 극장 관계자에게 이야기를 들었던 관객들은 기대감에 가득 찬 표정으로 힘차게 박수를 쳤다. 그들은 뜨겁게 지호를 맞이했다.

"많은 분들이 와주셨네요. 귀한 시간 내주셔서 감사합니다."

지호는 관객석을 향해 인사했다.

그러자 관객들이 환호성을 내질렀다.

제리 스타글라츠가 곁눈질을 하며 속삭였다.

“후아… 대단하네요. 관객들 모두 감독님한테 뻥 간 눈빛이에요. ‘국민 영웅’이란 별명이 괜히 붙은 게 아닌 것 같습니다.”

“배우가 아닌 감독에게 스포트라이트는 너무 눈이 부시네요.”

부담이 된다는 소리를 에둘러 한 것.

그때 사회자가 행사를 진행했다.

“그럼 이제부터 신지호 감독님의 신작 〈새벽〉에 대한 질문을 해주시면…….”

*　　*　　*

다음 날은 양동휴 교수와의 면담이 예정돼 있었다. 따라서 지호는 점심시간에 맞춰 한국예술대학교로 갔다.

연구실에 홀로 앉아 있던 양동휴 교수는 신문을 내려두며 고개를 들었다.

“허… 개봉 3일만에 200만 관객을 달성했다고?”

신문 1면의 톱기사는 지호의 작품에 대한 내용이었다.

'새벽' 200만 관객 돌파… 개봉 3일 만에 쾌거!

—공포 스릴러, 장르의 벽을 넘다.

해외에 교환학생으로 가 있는 동안 기적 같은 소식들을 한국에 전하던 한국 영화계의 신성(晨星), 신지호 감독은 귀국한지 한 달 만에 또 한 번의 쾌거를 거두었다.

국내에선 약세를 보이며 늘 흥행 성적 하위권에 머무르던 공포 스릴러 장르로 단 3일 만에 200만 관객을 동원하는 기염을 토한 것이다.

사건과 복선이 날줄과 씨줄로 첨예하게 짜인 한 편의 영화 '새벽'은 공포 스릴러라는 장르에 충실하고 있다.

온통 복선과 반전으로 이루어져 있어 줄거리에 대한 말 한마디 떼기 조심스럽다.

시종일관 우리를 놀라게 하며 긴장을 푸는 순간 다시 몰아붙인다는 것밖에는 설명할 길이 없다.

한마디로 표현하자면, 오프닝 크레디트를 보자마자 엔딩 크레디트를 보는 느낌이랄까?

신지호 감독의 영화에는 어리숙한 면이 없다. 여느 신인답지 않은 완벽한 완급 조절로 관객들의 감정을 쥐락펴락 한다. 어느 때는 마치 줄다리를 즐기는 것 같기도 하다.

'새벽'을 본 관객들 대부분이 신지호 감독의 다른 작품인 '부산'이나 '투데이'를 찾을 것은 자명해 보인다.

그 순간 누군가 문을 두드렸다.

똑똑.

"음, 지호 학생인가요?"

"네, 저 왔습니다."

"허허. 어서 안으로 들어오세요."

곧이어 문을 열고 지호가 연구실 안으로 들어섰다.

"안녕하세요, 교수님. 그간 안녕하셨어요? 진작 찾아뵙지 못해 죄송합니다."

"아니에요. 지호 학생이 바쁜 건 전 국민이 다 알고 있는 사실이 아닙니까? 어제는 문화훈장을 수여받았다고요?"

"예."

"허… 살아서는 받기 힘들다는 그 귀한 훈장을."

"기쁘기도 하고 부담도 됐습니다."

"그랬겠지요. 아, 서 있지 말고 이리 앉아요."

소파 자리를 권한 양동휴 교수가 냉장고에서 주스를 꺼내어 따르며 말을 이었다.

"아무튼 축하합니다. 이십 대 초반에 금관문화훈장을 받다니, 전무후무한 사건이에요."

"감사합니다."

"그래, 결정은 했나요?"

그는 유리잔을 내려놓으며 물었다.

한 모금 목을 축인 지호가 대답했다.

"네. 교수님 말씀에 따르기로 결정했습니다."

그에 양동휴 교수는 살짝 미소를 지으며 고개를 끄덕였다.

"탁월한 결정을 한 겁니다. 명예교수 취임식 일정은 따로 연락 줄게요."

"네. 그럼 기다리고 있겠습니다."

"음. 그럼 이제 중퇴 건은 마무리 된 것 같으니, 식사나 하러 나갈까요?"

그때 지호가 말했다.

"실은 교수님께 따로 부탁드릴 게 있습니다."

양동휴 교수가 도로 앉으며 물었다.

"부탁이라. 왠지 우리가 처음 만났을 때가 생각나는군요. 그래, 무슨 부탁입니까?"

"머지않아 정계 주요 인사들을 대상으로 한 사회 고발 영화를 한 편 만들 계획인데, 아무래도 정부의 부정적인 압력을 받게 될 것 같습니다."

"도와주진 못할망정… 하는 짓들이 다 그렇지요."

나직이 한숨을 내쉰 양동휴 교수가 물었다.

"내가 도울 부분이 있나요?"

"예."

지호는 또박또박 대답했다.

"연기과 수업에 들어가시는 걸로 알고 있습니다. 해서, 교수님께 협회에 소속되어 있지 않은 배우들의 소개를 부탁드리고 싶습니다. 영화 출연으로 인한 불이익을 받더라도 기꺼이 사회 고발에 동참해 줄 용감한 배우들로요."

Chapter 8
잠자는 사자의 코털II
SCENE
TAKE

양동휴 교수는 잠시 고민에 잠겼다. 대략적인 상황은 이미 서재현에게 전해들은 상태였다. 그러나 아직 정계 인사들의 직접적인 움직임이 없는 상태였기에 심각성을 판단하긴 일렀다.

'아직 구체적인 정황이 드러나지 않은 상태인데, 너무 예민하게 반응하는 걸지도…….'

그가 보기에 지호는 더 이상 신인 감독이 아니었다.

개봉하자마자 각광받은 〈새벽〉, 해외로부터 뜨거운 호응을 얻고 있는 〈투데이〉, 그리고 평단의 극찬을 받으며 베니스 영화제 최고의 작품으로 떠오른 〈부산〉까지.

만들기만 하면 흥행이 보장되는 대박 감독인 것이다.

"…당분간은 서두르지 말고 침착하게 대처하는 편이 좋을 것 같군요. 용감하고 열정적인 연기자들을 알아보긴 하겠지만, 제자들을 사지로 내모는 건 그다지 유쾌한 일이 아닙니다. 아무리 선택권이 그들 자신에게 있다고 해도, 결국 권하는 건 내가 될 테니까요."

대답을 들은 지호는 아차 싶었다. 아버지의 유작을 만들어야 한다는 강박에 사로잡혀 그만 상대방의 입장을 고려하지 않았던 것이다.

"제 생각이 짧았습니다."

"아니에요."

양동휴 교수는 고개를 저으며 덧붙였다.

"만약 정말로 사면초가에 빠진다면, 그때 다시 한 번 이야기해 봅시다."

"네. 교수님."

지호에게 미소를 보인 양동휴 교수가 물었다.

"시장하군요. 그럼 이제 식사를 하러 가볼까요?"

*　　*　　*

양동휴 교수와 점심식사를 하고 막 헤어진 지호는 제임스 페터젠에게 한 통의 전화를 받았다.

—문제가 생긴 것 같아 연락드렸습니다.

"문제요?"

—네. 오늘 아침 한국 영화사들과 협업을 위한 미팅을 가졌는데, 다들 이상한 소리를 하더군요. 저희 회사가 〈새벽〉 제작에 참여했다는 소리를 듣더니 신지호 감독님이 블랙리스트에 올랐고, 앞으로 한국에선 영화 찍기 힘들 거라고 했습니다.

정확히 말하면 지호는 한국 정부의 승인 없이는 국내뿐 아니라 해외 촬영도 제한된 상황이었다.

문화훈장 수여식 당일 날 이미 국무총리 문성준이 제안한 계약서에 지장을 찍고 싸인을 했기 때문이다.

하지만 지호에게는 예상하고 있었던 일이 터진 것뿐이었다. 그는 침착하게 대답했다.

"페터젠 씨, 미리 언질해 주셔서 감사합니다. 이 문제는 제가 잘 해결해 보겠습니다."

—후… 도통 영문을 모르겠군요. 무슨 일인지 제게도 말씀해 주실 수 있나요?

"말해봐야 누워서 침 뱉기밖에 안 될 것 같아서요. 양해 부탁드립니다."

지호는 해외 프로듀서에게까지 한국 정부의 어두운 단면을 보이고 싶진 않았다.

그렇다고 자신을 믿고 계약한 회사를 불안하게 만들기도 싫었다.

그 심정을 어느 정도 이해한 제임스 페터젠은 나름대로 배려해 대답했다.

—감독님과 차기작이 계약되어 있는 이상, 문제 해결이 지체된다면 본사 측에 보고를 해야 합니다. 적어도 다음 달까진 이런 소문이 돌지 않도록 해결해 주십시오.

"네, 차질 없이 조치하겠습니다."

확고하게 대답한 지호는 전화를 끊고 생각에 잠겼다.

이로써 두 가지는 확실해졌다.

아버지 유작에 등장하는 정계 인사들과 정부가 이 사건을 덮기 위해 공조하고 있으며, 지호에게 족쇄를 채우려 하고 있다는 것.

지호는 영국국립영화학교(NFTS) 학교 메일을 통해 〈투데이〉 제작에 참여했던 팀원들에게 초대장을 보내고, 배급사 측에 내한 시사회를 정식 요청했다.

시사회 일정으로 인해 스태프들을 초대한 것 같은 그림을 그리기 위해서였다.

그리고 저녁이 되자 서재현이 집에 돌아왔다.

"삼촌. 긴히 드릴 말씀이 있어요."

"마침 나도 네게 할 이야기가 있던 참이다."

두 사람은 약속이나 한 듯이 서재로 향했다.

책상에 앉은 서재현이 먼저 운을 뗐다.

"오늘 영화인 협회에 다녀왔다."

"저도 오늘 〈새벽〉 제작사 프로듀서에게 이야기 들었어요. 저들이 아버지의 유작인 사회 고발 영화가 만들어지는 걸 막기 위해 관련 협회들에 압력을 가한 것 같습니다."

"손발이 묶였는데도 침착한 걸 보니 따로 생각해 둔 바가 있나보구나."

지호는 고개를 끄덕였다.

"저들은 미처 생각지 못했겠지만, 돌파구는 많아요."

그의 두 눈이 맑게 빛났다.

"일단 시간을 벌 생각이에요. 저들에게 제가 열 살 때 썼던 각본을 하나 던져주는 거죠. 문서 작성일이 아버지의 유작이 만들어진 시기와 흡사해요."

서재현이 무릎을 탁 쳤다.

"옳거니! 네 작품이 연막이 되어주겠구나. 저들의 눈을 속이고 시간을 벌 수 있는 연막 말이다."

"아뇨, 이 정도로는 부족해요. 그래서 리나에게 제 각본의 연출을 맡길 생각이에요. 전 기획, 제작, 각본으로 참여하는 거죠."

"리나? 리나 프라다 말이냐?"

서재현이 눈을 부릅뜨며 되물었다.

"내가 잘못 들은 건 아니겠지?"

"네. 리나는 예전부터 연출에 관심이 있었어요. 그래서 〈새벽〉 촬영 때 이야기를 나눴죠. '이런 시나리오가 있는데 직접 연출을 해보면 어떻겠느냐'고요."

"그땐 이런 일이 생길지 몰랐을 텐데… 직접 연출할 생각을 하지 않고, 어째서?"

지호는 머쓱하게 대답했다.

"그 각본을 영화로 만들기엔 제작 예산이 턱없이 부족했거든요. 삼촌도 아시다시피 제가 열 살 때 쓴 각본은 엄청난 블록버스터에요. 리나 프라다의 사유재산과 인맥, 이름값을 동원하면 충분히 그만한 제작비를 확보할 수 있을 거라고 생각했죠."

"정부의 승인을 받은 네 각본이 해외에서 만들어지는 동안, 넌 국내에서 네 아버지의 유작을 찍겠다?"

"네."

지호는 빙그레 웃으며 덧붙였다.

"만약 저들이 정말 부모님의 죽음과 관련이 있다면 이번에도 수단과 방법을 가리지 않을 테니 제 신변의 안전부터 생각해야죠."

* * *

한국 연극배우 협회 부산지회의 회장 강민규는 멋들어진 턱수염과 굵직한 인상을 가진 중년의 사내였다.

그는 지금 한국 연극배우 협회 대표인 이석기와 만나고 있었다.

혜화동의 구석진 술집. 이석기는 말총머리를 흔들며 말했다.

"소문에, 신지호 감독이 곤경에 처했다더군."

"저도 며칠 전 영화 협회에 갔다가 들었습니다. 협회 소속 배우들은 신지호 작품 감독에 출연하지 말라더군요."

"허허. 우리가 언제부터 감초 조연이니 무비스타 소리를 들었나?"

"아마 신 감독 만나고 〈부산〉 개봉했을 때부터일 겁니다. 그때부터 영화 쪽 출연 제의가 자주 들어왔죠, 아마?"

능청스러운 대답을 듣고 피식 웃은 이석기가 먼저 뜻을 내비쳤다.

"난 돈은 없어도 자존심은 지키는 연극인이야. 원수는 못 갚아도 은혜는 반드시 갚지. 극단 후배들 중 마음이 맞고 쓸 만한 녀석들을 모아서 신 감독을 찾아가 볼 생각이네. 영화배우 협회의 의향과는 별개로, 나는 신 감독을 지지한다고 알릴 거야."

"선배님이 지지하시면 연극배우 협회 전체가 지지하는 것과 다름없지요. 저희 부산지회도 따르겠습니다."

"아니. 그랬다간 대부분 연극배우들이 학수고대하는 영화로의 출셋길이 막힐지도 모르네. 이건 어디까지나 개인의 의사에 맡겨야 돼."

"음, 알겠습니다."

순순히 대답한 강민규가 잔에 소주를 채우며 말을 이었다.

"영화배우 협회에서 나름대로 압박을 한다고 한 것 같은데, 도리어 신 감독은 전에 없는 풍년을 맞이하겠군요. 선배님 말씀이라면 웬만한 연극배우들은 자원할 테니까요."

"그게 어디 나 때문일까? 예술한다는 사람들 중 반사회적인 성향을 가진 이들이 많기 때문이지. 부당한 처사를 가만히 못 넘기는 경우가 다반사잖나."

그것은 개방적인 해외 영화제의 수상 소감만 봐도 알 수 있었다.

많은 감독과 배우들이 사회 이슈에 민감한 태도를 보이며 사회 비판적인 견해들을 말한다.

그리고 이석기, 강민규 역시 배우였다.

강민규는 두 손을 모아 건배제의를 하며 말했다.

"신 감독이 어떤 작품을 만들지 기대되는군요."

"신 감독을 위해."

잔을 부딪친 이석기가 남은 술을 한입에 털어 넘겼다.

*　　　*　　　*

한편 한국액션스쿨의 정상인 대표는 심드렁한 얼굴로 앉아 있었다.

"지들이 뭔데 이래라저래라 해? 언제부터 우리 쪽에 신경 써줬다고."

〈부산〉의 흥행 이후 본격적으로 전면에서 활동하고 있는 액션배우, 이강우는 멋쩍게 물었다.

"그래도 우리 미래를 봤을 때, 기왕이면 영화 협회의 지침에 따르는 편이 좋지 않을까요?"

"우리가 언제부터 지원받아서 컸다고? 십 년 전만 해도 몸은 몸대로 상하고 임금 떼먹혀 가며 자부심 하나로 살았다. 그런데 지금은 우리의 권리를 되찾고 현장에서도 대우를 받지. 여기까지 올 수 있었던 비결이 뭐라고 생각하나?"

강우가 입을 꾹 닫고 있자, 정상인이 말을 이었다.

"지금껏 신의를 지켰기 때문이야. 영화 협회의 결정에 따르지 않아서 받을 불이익은 돌풍일 뿐이지만 〈부산〉으로 우리와 좋은 연을 맺은 신 감독에게 등을 돌리는 건 지금까지 쌓아온 탑을 일거에 무너뜨리는 짓이지."

정상인은 업계에서 신화 같은 존재였다. 그가 없었다면 액션배우들은 현재도 부당한 대우를 받으며 몸을 굴리고 있을 터였다.

"신의… 명심하겠습니다!"

강우는 진심으로 감동한 표정이었다.

그리고 마침내 마음의 결정을 내린 정상인이 굳은 얼굴로 말했다.

"〈부산〉에 참여했던 무술 연기자들에게 연락해 봐. 한국 무술 연기자 협회는 공식적인 인터뷰를 통해 신 감독을 압박하는 한국 영화배우 협회에 대한 반대 성명을 낼 거다."

*　*　*

영국국립영화학교(NFTS).

말라이카 팔빈, 앤 로버츠를 비롯한 몇몇 학생들은 노트북 앞에 모여 메일을 확인하고 있었다.

이내 말라이카가 입을 열었다.

"혹시 방학 때 한국 여행 갈사람?"

자리의 모두가 손을 들었다.

그 모습에 앤이 피식 웃었다.

“뭐야? 왜들 이렇게 한가해?”

그녀가 묻자 다들 한마디씩 했다.

“한국은 지호가 태어나고 사는 곳이잖아. 어떤 곳일지 궁금해.”

“게다가 티켓도 공짜고.”

“맞아. 〈투데이〉의 한국 반응도 너무 기대돼!”

빙그레 미소 지은 말라이카가 메일 내용을 정리해 주었다.

“자세한 내막은 적혀 있지 않지만, 우리와 다시 작업을 해야 될 것 같대. 경비나 장비는 따로 지참할 필요는 없다고 하는 걸 보면 이번 방학 내내 영화를 만들자는 소리 같아. 출발할 땐 〈투데이〉 한국 시사회에 참가하는 테일러 빈과 비행기 시간을 맞추면 돼. 아, 그리고 스태프는 많을수록 좋다네.”

말을 듣던 앤은 머릿속에 한 사람이 더 떠올랐다.

“그럼 빌한테도 전화해 보자!”

“오케이, 좋았어!”

말라이카는 흥미진진한 표정으로 말했다.

“오랜만에 지호랑 작업할 생각을 하니 벌써부터 가슴이 두

근거리네."

중얼거린 그녀는 오후가 되자 빌이 있는 스웨덴으로 전화를 걸어 이 소식을 전했다.

—정말? 지호가 우리를 초대했단 말이야?

"응. 비행기 표까지 보내주기로 했어. 어때? 갈 거야?"

—방학 때라며?

"맞아. 너도 시간 괜찮지, 빌?"

대답을 들은 빌이 의미심장하게 말했다.

—좋아. 이번 기회에 다시 한 번 뭉쳐보자.

"뭐? 그게 사실인가?"

이른 아침, 총리실에 들어선 문성준은 눈살을 찌푸렸다.

그러자 비서실장이 방금 했던 보고를 다시 했다.

"네, 사실입니다. 〈투데이〉의 한국 개봉 날짜가 확정되면서 감독, 배우를 포함한 스태프 전원이 한국을 방문한다고 합니다."

그의 음성은 카세트의 되감기를 눌러둔 것처럼 고저가 없었다.

반면 문성준의 목소리는 격앙됐다.

"스태프들은 또 왜?"

"신 감독이 초청했답니다."

"신 감독이? 무슨 꿍꿍이지?"

그러자 비서실장이 프린트 해온 이메일 전문을 보여주며 말했다.

"총리님, 그뿐만이 아닙니다. 오늘 아침 신지호 감독이 정부 측에 제작비 투자 요청을 보내 왔습니다. 보시다시피 각본, 기획, 제작이 모두 신 감독으로 되어 있습니다."

"음? 그런데 연출이… 리나 프라다? 이 여잔 할리우드 여배우 아닌가?"

"네, 맞습니다. 이번에 신지호 감독의 도움을 받아 감독으로도 데뷔한다고 합니다. 배우가 감독으로 데뷔하는 건 할리우드에서 흔한 일이지요."

문성준은 대충 고개를 끄덕였다. 그에게 중요한 건 감독이 누구인지 따위가 아니었다.

"그래서. 각본 내용은? 확인했나?"

"안 그래도 총리님 메일로 보내놨습니다."

"알겠네. 박 실장은 이만 나가봐."

"예."

살짝 고개를 숙여 보인 비서실장이 총리실을 나갔다.

홀로 남은 문성준은 긴장한 얼굴로 책상 앞에 앉아 이메일을 확인했다. 먼저 시놉시스, 트리트먼트를 살폈다.

장르는 SF였다.

'이번에도 신 작가의 유작은 아니야.'

안도의 한숨을 내쉰 그는 조금 편안해진 마음으로 본격적인 시나리오를 읽어 내려갔다.

세계 영화계로부터 주목을 받고 있는 감독이 쓴 각본답게 재미있었다.

문성준은 졸지에 업무도 잊고 오전 내내 시나리오를 읽었다.

아마 비서실장이 인터폰으로 말을 걸지 않았다면, 오후마저 빼앗겼을지도 몰랐다.

—총리님. 문체부 유 장관님과 점심 약속이 되어 있으십니다.

"아, 곧 나가지."

문성준은 울상이 됐다. 졸지에 결재해야 될 서류가 밀렸기 때문이다.

'완전히 시간 뺏는 마약이로구먼.'

흡입력이 대단한 작품이었다. SF를 선호하지도 않는데 물이 솜에 빨려 들어가 듯 무기력하게 흡수돼 버렸다.

잠깐 본분을 잊고 있었던 문성준은 문서 작성일을 확인했다.

"음?"

신명일 부부가 사고를 당한 해다.

‘만약 신지호가 갖고 있는 작품이, 우리가 생각하는 그 작품이 아니라면……?’

충분히 가능성 있는 일이었다.

신명일 작가가 세상을 떠나기 전 내놓은 초고(草稿)가 한 편뿐이라고 확신할 수 없었다. 그런 생각을 하자 등골이 서늘했다.

‘섣불리 움직여선 안 돼.’

만약 지호 손에 들어간 작품이 사회 고발이 아닌 SF라면 괜히 긁어 부스럼 만드는 상황이 되는 것이다.

안 그래도 지호는 현재 국민들에게 영웅이라도 된 것처럼 추앙받고 있다. 영화 협회 사람들을 움직이기 전에, 정확히 알아봤어야 했다.

“벌집을 건드린 걸지도.”

문성준은 때늦은 후회가 스멀스멀 기어 올라왔다. 그는 고개를 흔들며 코트를 걸치고 국무총리실을 나섰다.

점심 약속이 되어 있는 고급 한정식 집에는 이미 유태운 장관이 도착해 있었다.

“형님.”

그의 표정이 심상치 않았다.

그에 문성준이 덩달아 불안해진 심정으로 물었다.

“좋은 음식을 앞에 두고 왜 표정이 죽을상이야? 자네, 무슨 일이라도 있나?"

"아무래도 우리가 자충수(自充手)를 둔 것 같습니다."

"뜬금없이 그게 무슨 말인가?"

"무술 연기자 협회가 공식적인 인터뷰를 통해 영화인 협회에 반대 성명을 제출했습니다. 심지어 우리와 뜻을 함께했던 영화인 협회, 영화배우 협회에 속한 스태프와 배우들이 탈퇴할 지경에 이르렀습니다. 아직은 협회들도 비공식 협상 내용을 지키고 있지만… 여론이 거세지면 언제 정부 탓으로 돌릴지 모릅니다."

"그들의 가려운 부분을 긁어주고 받아낸 약속일세. 설마 우리에게 화살을 돌리겠나?"

"그건 그렇지만… 현재 협회에 대한 비난이 워낙 거셉니다."

"어차피 비난은 일시적인 것일 뿐, 금세 잦아들게야. 우리가 비난 받을 걸 모르고 한 일이 아니지 않나? 한번 잘 달래줘. 지원금 인상은 일시적인 비난과 달리 영구적인 부분이니 협회 측도 함부로 누설할 수 없을 걸세. 이미 우리의 제안을 받아들인 이상 그들도 한 배를 탄 거나 다름없으니."

유태운은 개운치 않은 표정으로 고개를 끄덕였다.

"알겠습니다, 형님. 하지만 만약 이 사실이 알려지면 우린 얼굴에 먹칠을 당하고 말겠지요? 정작 우리에게 뒤처리를 부탁한 자들은 죄다 모르쇠로 일관할 테고요."

"그래서 처신이라는 게 중요한 게야."

잠시 침묵하던 문성준은 스스로에게 다짐하듯 되뇌었다.

"그저 우리가 누리는 권력에 따르는 책임일 뿐이네."

* * *

〈투데이〉 시사회 날짜가 코앞으로 다가왔다.

그 시기 지호는 여느 제작자가 감독과 미팅을 가지듯, 제작 기간 동안 임대한 스튜디오에서 리나 프라다를 만났다.

그녀는 오피스텔을 둘러보며 물었다.

"정말 이곳에 남아서 제작 지휘를 할 생각이에요?"

"동시간대 영화를 만들어야 하니까요."

덤덤한 대답을 들은 리나는 야무진 표정과 말투로 당부했다.

"다른 영화를 만든다고 제 감독 데뷔작에 소홀한 건 용납할 수 없어요. 알고 있죠?"

고개를 끄덕인 지호는 엷은 미소를 띠었다.

"〈우주(Universe)〉는 제 각본이기도 해요. 이 작품을 부탁하는 건 어디까지나 리나의 능력을 믿기 때문입니다."

"에헴. 뭐, 듣기 나쁜 소린 아니네요."

새침하게 말한 리나가 화제를 돌렸다.

"그나저나 아버님의 유작이 공개되면 사회에 큰 물의가 될 거예요. 영화가 긍정적인 효과를 낳는다하더라도 당신한테는 굉장한 부담이 되겠죠. 영화에 나오는 사람들의 가족, 친지, 동료 등 수많은 사람들을 적으로 돌리게 될 거고요. 영화가 개봉한 후에는 아무것도 당신을 보호해주지 못해요. 대부분의 사람들이 영화를 기억하지, 감독을 기억하진 않잖아요?"

매우 현실적인 걱정이었다.

그러나 지호는 마음을 돌리지 않았다.

"이미 각오했던 일이에요. 제가 아버지의 유작을 세상에 공개하지 않는다면 부모님의 용기와 노력, 억울한 죽음이 모두 무의미해지고 말아요. 전 어떠한 대가를 치르더라도 아버지의 유작을 세상에 공개할 겁니다."

"더 이상 말릴 수는 없겠네요."

리나는 어깨를 으쓱이며 덧붙였다.

"혹시라도 후폭풍이 감당 안 되면 언제라도 할리우드로 와요. 모두가 당신을 반길 테니까."

지호는 웃으며 고개를 끄덕였다.

"그렇게 하겠습니다."

두 사람 사이로 어색한 침묵이 밀려드는 그때, 도어락이 열리는 소리와 함께 한 여성이 들어왔다.

"휴! 마트에 사람이 왜 이렇게 많아?"

그녀는 양손에 들고 있던 배부른 봉투를 식탁 위에 올려두며 이어 물었다.

"설마 내가 지금 리나 프라다를 보고 있는 건 아니겠지? 이미 영국으로 돌아간 줄 알았는데……."

조금 놀란 표정으로 물음을 던진 여성은 바로 지혜였다.

어색하게 웃은 지호가 가운데서 말했다.

"〈새벽〉 촬영 때 잠깐 만났었죠? 그래도 그땐 제대로 말 한마디 못 나눴었으니까 정식으로 소개할게요. 이쪽은 제 학교 선배이자 이번 영화의 미술감독을 맡게 될 이지혜 감독님이에요. 고맙게도 아무 망설임 없이 저를 도우러 와줬죠. 그리고 이쪽은 누나가 말씀하셨다시피, 리나 프라다 씨예요. 그 이상 설명은 생략해도 되겠죠?"

"여기서 또 뵙네요? 반가워요!"

리나가 활짝 웃으며 인사했다.

"전 신지호 감독님과 함께 작업하게 됐어요."

"음, 그건 인터넷 뉴스에서 봤어요. 〈우주〉 연출을 맡으셨다고……."

"맞아요. 상당히 멋진 작품이죠."

빙그레 웃은 그녀는 외투를 걸치고 모자와 선글라스를 착용했다.

“아쉽지만 전 먼저 가봐야 될 것 같네요. 감독님 신작 속도에 맞춰서 작업하려면 저도 서둘러야 하니까요.”

“먹을 것 좀 사왔는데… 간단한 식사라도 하고 가시지…….”

지혜는 아쉬운 표정이 역력했지만 리나는 그 제안을 사양했다.

“고맙지만 식사는 다음에 해요. 감독님, 그럼 이메일 주세요!”

그녀는 지호에게 인사하며 오피스텔을 나갔다.

리나가 문을 열고 사라지자 지혜는 입맛을 다셨다.

“이번에야말로 싸인이라도 받아두려고 했는데.”

“그냥 얘기하지 그랬어요?”

“난 리나 프라다가 너처럼 편치 않다고.”

그녀는 가스레인지에 물을 올리며 화제를 돌렸다.

“그나저나, 유나한테 연락이 왔었어.”

“유나 누나요?”

“응. 용빈이, 명선기 씨랑 같이 영화배우 협회에 이의를 제기했다네? 용빈이는 교수님 허락 맡고 네 영화에 참여할 날만 학수고대하고 있대. 선기 씨나 유나도 배역 상관없이 출연하고 싶다고 하고.”

"배우를 구하는 게 가장 큰 난제가 될 줄 알았는데 다행이네요."

지호는 덤덤하게 말하면서도 감동을 받고 울컥한 표정이었다.

피식 웃은 지혜는 라면을 끓이며 재차 입을 열었다.

"그 외에도 협회에 정식으로 항의한 사람들이 많아. 무술연기자 협회 정상인 대표, 톱스타 여배우인 오수정 씨 등등… 비공식적인 항의를 한 사람들을 포함하면 엄청나게 많은 영화인들이 반대하고 있어."

이는 지호도 인터넷을 검색해 봐서 알고 있는 사실이었다.

"협회 측은 말을 아끼고 있던데요."

"응. 공식 입장 발표를 계속 늦추고 있어. 뒤늦게 사자의 코털을 건드렸단 사실을 깨달은 거지. 네 영화가 연달아 흥행하고 많은 지지자들이 나타나면서 입장이 난처해졌으니까. '세계적인 영화제에서 입상한 유능한 신인감독' 정도로만 생각하고 있었을 테니, 꽤나 당황했을 거야."

지혜는 신이 나서 떠들었다.

일이 순조롭게 풀리자 지호 역시 기분이 좋았다.

'아버지. 아버지가 남긴 작품이 빛을 발할 수 있도록 좋은 영화를 만들어볼게요.'

굳게 다짐한 그는 아버지의 초고를 다듬기 시작했다.

지호는 평상시 각색할 때완 다른 방식으로 작업했다. 관객들이 등장인물과 같은 시점에서 몰입할 수 있도록, 더 신중하고 섬세하게 시나리오를 만들어갔다.

호텔 뒤편—클로즈업—낮

망설이고 있는 김봉민. 앞을 바라본다.

롱 숏—낮

하늘을 배경으로 서 있는 낡은 집

클로즈업

김봉민이 앞으로 움직인다.

롱 숏

집으로 다가가는 카메라

클로즈업

김봉민이 호텔 뒤쪽을 힐끔 본다. 계속 움직인다.

롱 숏

점점 더 가까워지는 집

클로즈업

김봉민이 집을 올려다본다. 단호하게 앞으로 나아간다.

서브젝티브 숏

집과 포치

클로즈업

김봉민이 집 앞에 멈춰 서서 위를 올려다본다. 가끔 뒤돌아본다. 다시 집 쪽으로 고개를 돌린다.

서브젝티브 숏

카메라가 계단을 올라 포치로 올라간다.

클로즈업

김봉민이 손을 내민다.

제브젝티브 클로즈업

김봉민의 손이 문을 밀어서 연다. 현관홀이 보인다. 김봉민이 카메라를 지나 안으로 들어간다.

이런 식으로, 장소 섭외를 마치고 찍어둔 섬광 기억을 기반으로 글을 써나갔다. 시나리오를 영화 제작의 청사진으로 바꿔놓는 것이다. 이는 여러 작품을 하며 생겨난 지호 특유의 노하우였다.

그때 지혜가 말을 걸어왔다.

"참, 책상 서랍에 내일 스태프 면접 때 오기로 한 지원자들 이력서 있을 거야. 한번 봐봐."

"아, 그래요?"

시나리오 쓰던 걸 멈춘 지호가 책상 서랍에 들어 있던 파일을 확인했다.

파일 안에 들어 있는 수십 장의 이력서들을 일일이 읽어보며 넘기던 그는 순간 파일을 손에서 떨어뜨리고 말았다.

자신의 눈을 의심할 수밖에 없는 사진이 붙어 있었기 때문이다.

지호는 저도 모르게 사진 속 인물을 소리 내 불렀다.

"김현수?"

Chapter 9
폭풍 전야 1

한편 냄비에선 매콤한 향을 풍기는 김이 펄펄 끓어올랐다.

지호는 점심으로 지혜가 끓인 라면을 먹고 짧게 평했다.

"맛있어요, 누나."

"응, 고마워!"

지혜는 담담하게 칭찬을 받아들였다.

'우리 엄마도 요리를 잘하셨나?'

누가 해준 요리를 먹다 보니, 고작 라면이었음에도 지호는 불현듯 돌아가신 어머니가 생각났다.

너무 어릴 때여서 그런지, 선명한 기억이 없었다.

잠시 씁쓸한 기분에 사로잡혔던 지호는 고개를 흔들며 말했다.

"설거지는 제가 할게요."

그는 설거지를 하는 동안 복잡한 심경을 떨쳐낸 뒤 아버지의 유작을 각색하기 시작했다.

다섯 시가 가까워오자, 지호 뒤편에서 컴퓨터로 촬영 세트를 설계하던 지혜가 알려왔다.

"지호야. 이제 곧 스태프 지원자들이 올 시간이야."

"벌써 시간이 그렇게 됐어요?"

새삼 물으며 손목시계를 확인한 지호는 혀를 내둘렀다. 쏜살같이 세 시간이 지나 있었던 것이다.

호랑이도 제 말하면 온다고 때마침 초인종이 울렸다.

문 쪽을 눈짓하며 빙그레 웃어 보인 지혜가 인터폰으로 얼굴을 확인하고 문을 열었다.

"김현수 씨 맞죠? 사무실 찾아오기 힘들었을 텐데. 잘 왔어요!"

"아, 네. 반갑습니다. 김현수입니다."

처음 도착한 지원자는 김현수. 불과 몇 년 전 지호의 각본을 훔쳤던 장본인이었다.

하지만 정작 그는 지호를 볼 수 없었다. 지호가 있는 작업

실과 거실 사이를 연결해 주는 벽면 유리는 취조실에서 많이 쓰이는 일방투명경(magic mirror)으로 되어 있었기 때문이다.

'아마 내가 이번 영화의 연출인 걸 알면 기절하겠지?'

지호는 사냥감을 향해 다가가는 맹수처럼 자신의 기척을 숨긴 채 움직이고 있었다.

따라서 모집 공고는 아직 영화 관련 협회에 소속되어 있지 않은 스태프들을 대상으로 진행됐다. 더불어 제작 규모만 밝혔을 뿐, 영화 내용이나 스태프 신원 모두 철저히 비밀에 붙였다.

심지어 인터뷰도 지혜의 소관이었다.

그녀는 현수를 자리로 안내했다.

"좀 앉으세요. 전 이번 영화의 미술감독을 맡고 있는 이지혜라고 해요. 음료는 오렌지 주스 괜찮죠?"

"네. 뭐든 잘 마십니다. 아무거나 주세요."

지혜는 주스를 컵에 따르며 물었다.

"중영대학교 연출과를 나오셨던데요? 유태일 감독님과 동기시고요."

"맞습니다."

"유태일 감독님과는 학생 때부터 번번이 영화제에서 만났었어요."

"그랬었군요."

현수는 무뚝뚝하게 대답했다. 대화의 주체가 자신이 아닌 유태일 감독이라는 사실이 썩 달갑지 않았던 것이다.

낌새를 눈치챈 지혜가 주스를 내가며 화제를 돌렸다.

"그나저나 학회장이셨다고요?"

"네, 그렇습니다. 주스 잘 마시겠습니다."

그는 주스를 한 모금 마시더니 거실을 둘러보며 물었다.

"그런데 감독님은 어디 계신 건지……?"

"아! 감독님은 인터뷰에서 통과하시면 만나보실 수 있을 거예요. 그 외에 우리가 공고에서 밝히지 않았던 모든 부분도 알게 되실 테고요."

"공고를 처음 봤을 때도 느꼈지만, 솔직히 좀 미심쩍네요."

"부정하진 않을게요. 그래도 우리가 함께 일하게 된다면 최고의 조건에서 작업하게 될 거라는 사실만큼은 제가 장담하죠."

"그것 참 믿음직스럽군요."

현수는 반쯤 비꼬며 대답했다.

그러나 대수롭게 여기지 않은 지혜가 어깨를 으쓱이며 본론으로 들어갔다.

"인터뷰에서 보게 될 부분은 현수 씨가 얼마나 전문성이 있을까 하는 점이에요."

"그걸 어떻게 알아보죠? 대화를 통해서?"

"에이. 설마 그럴 리가요."

미소 띤 지혜가 카메라를 건넸다.

"카메라 감독으로 지원했던데… 실력 한번 볼까요?"

한편 지호는 유리벽 너머에서 팔짱을 낀 채 바깥 상황을 지켜보고 있었다.

머릿속에선 자연스레 카메라 구도가 잡혀가며 청사진이 떠올랐다.

'위에서 15도 대각선으로 촬영해야 돼.'

그러나 현수는 밑에서부터 위로 촬영했다.

그는 번번이 최선이 아닌 차선책의 방식을 쓴다.

'역량 부족이야.'

지호는 간단히 판단을 내렸다.

그때 지혜가 유리문을 열고 들어왔다.

"어땠어? 난 좋은 것 같은데."

"전 조금 부족해 보였어요."

지호는 단호하게 대답했다.

반면 다른 생각을 가진 지혜가 나서서 설득했다.

"음. 그럼 서브로라도 쓰는 게 어떨까? 솔직히 네 기준이 높아서 그렇지, 내가 보기에는 수준급 실력이거든. 이대로 그냥 돌려보내긴 아까워."

그녀 말을 그냥 무시할 수는 없었다.

해서 지호는 한 가지 제안을 했다.

"그럼 NFTS에서 오는 스태프들과 실력을 비교해서 뽑을게요. 일단 비밀 유지 동의서는 받아주세요."

"응, 알겠어!"

지혜는 거실로 나가서 현수에게 동의서를 받아뒀다.

그 후에도 여러 명의 스태프들이 찾아왔지만 흡족한 기량을 발휘하는 사람은 보이지 않았다.

지혜의 말처럼 그나마 현수가 가장 나은 축이었다.

아무래도 협회에 소속되어 있지 않은 이들을 대상으로 하다 보니 수준이 낮은 것이다.

해가 저물고 어둠이 찾아올 무렵.

지호의 휴대폰 진동이 울렸다.

"말라이카."

수신자 이름을 확인하고 빙그레 웃은 그가 전화를 받았다.

"지금 어디야? 인천공항?"

—어. 기자들도 있고 여기 사람 엄청 많아! 하필 테일러 빈이랑 같이 들어오는 바람에…….

중간에 잡음이 섞여 들렸다.

따라서 지호가 말했다.

"내 말 들려? 지금 잘 안 들리니까 공항 나와서 다시 전화 해줘!"

—오케이!

전화를 끊고 잠시 후, 다시 전화가 걸려왔다.

—후, 죽는 줄 알았네! 〈투데이〉 찍기 전에는 완전 풋내기였던 테일러가 지금은 완전히 스타덤에 올랐어!

"숙소는 같은 곳에 잡았지?"

—응. 넌 시사회 때 합류하는 거야?

"아마도."

—아마 그날 반가운 얼굴 꽤나 볼 수 있을 걸? 내일이면 빌도 들어올 예정이거든.

"진짜 오랜만이겠는데? 시사회 끝나고 한번 놀러갈게."

지호는 시간을 확인하고 말을 이었다.

"일단 숙소에 도착하면 다시 한 번 전화 줘."

—알겠어. 그럼 이따 다시 통화해!

말라이카가 전화를 끊었다.

그녀와 교대하듯 어깨 너머로 듣고 있던 지혜가 물어왔다.

"영국 친구들. 다들 입국했대?"

"네. 아마 누나도 녀석들 실력 보면 놀라실 거예요."

지호는 확신했다.

억울할 수도 있겠지만 영국국립영화학교(NFTS) 학생들의 실력은 국내 대학생들 수준과 비교가 되지 않는 상황이었다.

그것이 교환학생 과정에서 지호가 가장 많이 느낀 점이었다.

반면 그들의 수준을 모르는 지혜는 자존심이 상했다.

차이가 나봐야 얼마나 난단 말인가?

"그래? 벌써부터 기대되는 걸."

굳은 표정을 보니 말에 가시가 있다.

지호는 벌써부터 한국팀과 영국팀. 두 팀의 하모니가 우려됐다.

혹시라도 물과 기름처럼 섞이지 못한다면 최후에는 어느 한쪽을 포기해야 하는 상황이 생길지도 몰랐다.

* * *

〈투데이〉 VIP 시사회 현장은 취재진과 관계자로 붐볐다.

VIP시사회가 기존 시사회와 다른 점이라면 고위직 인사인 국무총리 문성준과 문화체육부 장관 유태운도 참석했다는 점이었다.

"이렇게 대놓고 우릴 초대할 줄은 몰랐군."

문성준의 말에 유태운 역시 고개를 끄덕였다.

"그러게 말입니다. 정말 정부의 지원을 반기는 걸까요?"

"영화 협회들의 동향이야 이미 언론을 통해 알려졌지만 아직까진 심각성을 느끼지 못하고 있겠지. 더불어 그들과 우리의 관계를 짐작하지 못하고 있을 테니, 제 아버지의 유작을 아직 못 본 상태라면 충분히 반길 수 있지 않겠나?"

"그렇긴 합니다만……."

두 사람의 대화는 오래 가지 못했다.

어느새 입장을 받기 시작한 것이다.

소위 지호 사단으로 불리는 유나, 용빈, 선기, 우드 파이슨은 레드 카펫을 밟고 포토 존에서 사진 촬영에 임했다.

이들이 요즘 한참 주가를 올리고 있는 신인 배우들이라면, 영화배우 협회의 만류에도 당당하게 참석한 여배우 오수정, 한국 연극배우 협회 대표 이석기, 한국 연극배우 협회 부산지회 회장 강민규, 한국 무술 연기자 협회 회장 정상인 등은 국내 영화계에서 큰 입지를 가진 기성 배우들이었다.

쉴 틈 없이 플래시를 터뜨리던 김홍수 기자가 후배 기자인 고건수에게 말했다.

"생각보다 신지호 감독 인맥이 넓은데? 영화 협회들이 견제하고 있는 이 시점에……. 연극배우들이나 액션배우들도 대거 참석했고, 오수정은 신지호 감독이랑 한 작품도 한 적 없는 배우잖아? 둘이 어떻게 알지?"

호기심은 기자에게 제일가는 재능이다.

고건수 역시 같은 부분에서 구미가 당겼다.

"그러게요. 이렇게 되면 영화인 협회나 영화배우 협회는 본전도 못 뽑겠는데요? 일이 재밌게 돌아갑니다, 선배."

최후까지 남아 배우들을 촬영하던 그들도 카메라를 집어넣고 마지막 인파와 함께 상영관 안으로 입장했다.

그 인파 속에는 말라이카를 비롯한 NFTS에서 함께한 팀원들도 포함되어 있었다.

이미 미국에서 여러 번 영화를 보았던 그들은 내용 자체보다 한국 관객들의 반응을 기대하고 있었다.

상영관의 객석이 모두 들어차자 스크린 앞으로 지호와 테일러 빈이 등장했다.

동시에 객석이 술렁이며 또다시 플래시가 터졌다.

이를 바라보던 테일러 빈이 곁에 서 있는 지호에게 말했다.

"과연 감독님 나라여서 그런지 반응이 엄청 뜨거운데요? 여기선 감독님이 꼭 주연배우 같습니다."

아직 그는 한국에 얼굴이 알려지지 않은 상태였다.

따라서 지호가 더 큰 관심을 받는 건 당연했다.

"너무 서운해 말아요, 테일러. 아마 영화가 끝나면 관객들 모두 당신의 팬이 되어 있을 테니까."

테일러 빈은 〈투데이〉로 평단의 극찬을 받고 있었다.

내년 남우주연상은 따 논 당상이라는 말이 나돌 정도였다.

"모두 감독님 덕분이었습니다. 감독님이 아니었으면 제가 어떻게 그 끔찍한 체험을 직접 해볼 생각을 했겠어요?"

"마이크 켜져 있습니다."

지호의 능청스러운 말에 테일러가 씩 웃으며 재치 있게 받아넘겼다.

"오, 이런! 영화가 시작되면 모두들 지금 들은 말은 잊어주세요. 몰입에 방해가 될 수 있거든요."

테일러와 가볍게 주고받은 지호가 이쯤에서 관객에게 인사를 했다.

"영화 즐겁게 관람하시기 바랍니다. 그럼 끝나고 다시 뵙겠습니다."

말이 끝나기 무섭게 내부가 소등됐다.

그사이 지호와 테일러 빈은 객석 첫째 줄로 숨어들었다. 좌우에는 〈투데이〉에 스태프로 참여했던 NFTS 친구들이 앉아 있었다.

그리고 마침내 영화가 시작됐다.

할리우드를 떠들썩하게 만든 〈투데이〉의 오프닝 크레디트에 신지호 이름 석 자가 나왔다.

같은 한국인이라면 자부심을 느낄 수밖에 없는 순간.

왼편 귀퉁이 맨 뒷좌석에 앉아 있던 CYN엔터테인먼트 최태식 대표가 ㈜필름의 남길수 대표에게 속삭였다.

“남 대표. 아직도 협회 눈치를 보고 있는 겁니까? 내 딸은 이미 신 감독이 불러만 주면 당장 달려갈 준비가 되어 있어요.”

“아닙니다. 협회 눈치를 보는 게 아니고, 신 감독한테는 예전에 실례를 범한 적이 있어서… 대표님이 신 감독의 다음 작품을 좀 알아봐 주실 수 있겠습니까? 지난 몇 년 동안 CF만 찍어대던 우리 수정이도 신 감독 작품이면 출연할 의사가 있답니다.”

“그것 참. 듣던 중 반가운 소리군요.”

최태식은 목소리를 더욱 낮추며 덧붙였다.

“내 신 감독의 다음 작품에 대대적인 투자 계획을 세우고 있으니 조만간 같이 이야기 나누기로 하고… 지금은 일단 영화부터 봅시다.”

오프닝 크레디트가 지나가고 영화는 본격적인 내용으로 들어갔다.

가난한 학생이 럭비를 시작하게 되고 팀원들과 어울려가는 과정이 아름답게 그려졌다.

파스텔 톤의 촬영 기법은 전반적인 완성도에 큰 기여를 했다.

특히나 숨 막힐 정도로 긴장감 넘치는 경기 장면이 압권이었다.

테일러 빈이 부상을 당하는 순간, 객석에선 탄성이 터져 나왔다.

아!

그때부턴 배우의 연기가 빛을 발했다.

대부분의 관객들은 미처 느끼지 못했지만 영상미 역시 무채색 톤으로 침체되어 있었다.

관객들의 표정 역시 굳어갔다.

한편 상영관 밖 대기실에서, 테일러 빈이 말했다.

"감독님. 참 신기한 게, 감독님 작품은 관객들의 반응만 봐도 어떤 장면인지 알 수가 있네요."

"연기가 좋았기에 가능한 일이죠."

지호가 미소 지으며 맞받았다.

두 사람이 겸손한 대화를 나누는 사이, 상영관 안에선 훌쩍이는 소리가 하나둘 늘어가고 있었다.

그로부터 20분 뒤에는 우는 소리가 극장 안을 가득 채웠다. 남녀노소 할 것 없이 모두가 울음을 터뜨린 상황이었다.

"으허헝! 끅……."

"흑… 흐윽."

마치 호흡곤란인 것처럼 숨도 제대로 못 쉬는 사람이 태반이었다. 이곳이 극장만 아니었다면 큰 소리로 오열했을 것이다.

영화는 테일러 빈의 죽음으로 대미를 장식했다.

엔딩 크레디트가 모두 올라갔을 때, 관객들은 온몸에 기운이 빠져 탈진 직전이었다.

이내 지호와 테일러 빈이 무대에 다시 등장하자, 어디서 힘이 솟았는지 하나둘 자리에서 몸을 일으켜 뜨거운 박수를 보내기 시작했다.

'기립 박수라니.'

지호는 뭉클했다.

옆 사람 눈치를 심하게 보는 한국에서 보기 힘든 현상임을 알고 있었기 때문이다.

이 사실을 모르는 테일러 빈은 싱글벙글 웃으며 박수가 그치기를 기다렸지만, 박수는 한참이 지나도 잦아들 생각을 하지 않고 있었다.

벅차오르는 마음에 인내심이 먼저 바닥난 테일러 빈이 입을 열었다.

"감사합니다, 감사합니다."

그는 한쪽 눈을 찡긋하며 말을 이었다.

"많은 할리우드 스타들이 여러 번 내한을 결정하는 이유를 알겠네요!"

스타들의 내한 일정에 배우의 의사가 반영되는 경우는 드물었다. 이러한 행사는 어디까지나 영화 홍보 효과나 손익을 따져서 추진된다.

따라서 테일러 빈의 너스레도 립 서비스 성향이 짙었겠지만, 객석에서 환호성을 이끌어 내는 데에는 성공했다.

그때 사회자가 말했다.

"그럼 영화에 대해 질문하는 시간을 갖도록 하겠습니다. 시사회에 오신 관계자 여러분께서는 궁금한 부분들에 대해 손을 들고 질문해 주세요."

사회자의 말이 끝나기가 무섭게 관객들이 곳곳에서 손을 들었다.

예상보다 많은 질문이 쏟아질 것 같자, 지호는 마음의 준비를 단단히 했다.

그사이 사회자는 중간쯤 앉은 한 사람을 지목했다. 지목받은 사람은 바로 고건수 기자였다.

"시네마 24의 고건수 기자입니다."

사회자가 말했다.

"말씀하시지요."

"네. 음… 테일러 빈이란 배우에 대해, 외국 매체들은 이미 예비 톱스타로 소개하고 있습니다. 연기력은 이미 그들에 뒤지지 않는다는 평도 있고요. 이 부분에 대해서 어떻게 생각하시나요?"

테일러 빈은 빙그레 웃으며 대답했다.

"세계인의 사랑을 받는 할리우드 톱스타들과 우열을 가릴 수 없다는 평가는 기분 좋네요. 하지만 지금 제게 쏟아지는 관심과 사랑이 온전히 제 것이라고는 생각하지 않습니다. 여기 신지호 감독님의 도움이 컸으니까요. 아직 감독님께 많이 배우고 싶습니다. 감독님 없이 홀로 서기에는 관객 분들의 기대가 부담스럽거든요."

"감사합니다."

고건수 기자가 빠지자 또 다른 사람이 질문을 했다.

"그 말씀은 신지호 감독님의 차기작에도 출연하실 의향이 있다는 뜻으로 생각해도 될까요?"

"네! 물론입니다. 차기작뿐 아니라 차차기작도 참여할 의향이 있어요."

객석에서 웃음이 흘러 나왔다.

지호는 빙그레 웃으며 그 말을 받았다.

"너무 쉽네요. 저는 고민을 좀 해봐야겠습니다."

다시 웃음이 터졌다.

사회자의 진행으로 질문, 답변이 순조롭게 오갔다.

한두 명은 자리를 뜰 만도 한데, 무대 인사가 끝날 때까지 단 한 명도 자리를 뜨지 않으며 화기애애한 분위기 속에서 시사회가 마무리 되었다.

시사회가 전부 끝나고 난 뒤에도 여운이 남았는지 포스터를 가져가는 관객들도 적지 않았다.

그들 대부분이 영화에 대한 이야길 끊임없이 나누고 있었다.

반응을 지켜보던 CYN엔터테인먼트 최태식이 말했다.

"다들 극찬을 하는군."

"그러게 말입니다."

㈜필름의 남길수는 위축되어 보였다.

"이 영화 한편으로도 수많은 투자자들을 불러들일 수 있을 것 같은데, 과연 우리 투자를 받을까요?"

"천하의 남 대표가 완전히 쪼그라들었구먼. 하하하!"

그의 등을 탕탕 두드린 최태식은 호탕한 웃음과 함께 말을 이었다.

"내 딸아이와 아주 특별한 인연이 있는 친구니까 너무 걱정 말게. 자리를 한번 만들어보도록 하지."

한편 막 상영관에서 나온 영화 평론가 이루리는 큰 고민을 떠안은 표정을 짓고 있었다. 그녀는 어마어마한 공신력을 가진 유명인이었다. 수백만에 달하는 트위터 팔로워들이 이를 증명했다.

'이런 영화를 까는 건 직업윤리를 버리는 짓이야.'

이루리는 갈등에 빠져 있었다.

그녀는 영화 협회 측에서 보낸 자객이었기 때문이다.

당연히 꼬투리 잡으려는 목적으로 영화를 관람했지만 영화가 끝나고 난 후 철저히 항복할 수밖에 없었다. 적의는 완전히 사라지고, 호의만 남은 상태였다.

"몰라, 난 호평을 써야겠어."

고민하던 이루리는 마음을 정했다.

직업윤리를 지키기로 한 것이다.

영화관을 나서는 그녀의 발걸음이 빨라졌다.

『기적의 연출』 5권에 계속…

FUSION FANTASTIC STORY

텀블러 장편소설

현대 천마록

천하를 호령하고 전 무림을 통합한
일월신교의 교주 천하랑.
사람들은 그를 천마, 혹은 혈마대제라고 불렀다.

『현대 천마록』

무공의 끝은 불로불사가 되는 것이라 생각했지만
그로서도 자연의 섭리 앞에선 어쩔 수 없었다!

'그렇게 많은 피를 흘렸음에도 불구하고
죽을 때가 되니 남는 것이 없군그래.'

거듭된 고련 끝에 천하랑의 영혼이
존재하지 않게 된 그 순간
그의 영혼은 현세에서 천마로서 눈을 뜬다!

Book Publishing CHUNGEORAM